指輪

森 瑤子

角川春樹事務所

目次

イヤリング

1

電話が鳴り響く。

二人の反応は正反対だった。

夫はその朝ずっと朝刊から顔を上げもせず、コーヒーを口へ運んだり、トーストを齧(かじ)ったりしていたが、電話の音がしても眉(まゆ)ひとつ動かすわけでもなく、同じ姿勢を崩しもしない。

どうせ自分にかかってきた電話じゃない、と頭からきめつけているのがその肩のあたりに漂っている頑(かたくな)な感じでわかる。

もっとも、その肩のあたりの頑な感じというのは、もしかしたら昨夜彼が妻の躰(からだ)に伸ばしかけた手を、彼女がそれほどやんわりとではなく、拒絶したせいかもしれなかった。

一方、妻の方の電話に対する反応は、少しばかり神経質だった。特に最初のベルの音で、飛び上らんばかりというほどではないが、びくっとした感じが露呈した。彼女はそれをごまかすために、呼び出し音が三つ四つと鳴り続けるのを、わざと無視した。

「鳴ってるよ」と男は紙面に視線をおいたまま、ことさら抑えた声で言った。

「きみにだろう、俺が月曜の朝まだ軽井沢にいるなんて思っている奴はいないから」

本当は昨夜車で東京に戻ることになっていたのだが――たいていの週末の終りがそうであるように――ひどい渋滞で下手をすると六、七時間車の中に閉じこめられるという情報を得て、急遽車を置いて、今朝の電車で帰ることにきめたのだった。

軽井沢発七時二十五分に乗れば、十時の出社に間に合うのだったが、同じような考えの人間が多過ぎたとみえ、その便は超満員。八時五十五分発にも席がなかった。ようやく十一時台のグリーン車に一枚、キャンセルがあった。岩崎はそれで帰ることにした。

邑子はナプキンで口元をおさえ、こんな朝から誰かしら、と呟きながら椅子をずらせた。早すぎもせず、かといってあまりゆっくりでもなく、ごく自然の足どりで歩くのが変にむずかしい。

電話は、食堂とキッチンのしきりに置いたカウンターの上で、薄緑色のボディーを震わせて呼び続けている。

彼女は受話器を取り上げた。

「僕だ」と、いきなり男の声だった。耳につけるよりも前に、その声は機械から流れ出た。

一瞬、番号違いです、と切ってしまおうという考えが彼女の脳裏を過ぎった。前に一度、そうやったことがあった。内心の動揺のわりには、自然にできた。冷汗さえも浮かべずに。

あとでちょっと吐き気がしたが。

けれども、一、二秒ほどのわずかばかりの時間の経過が、今はそのことを不自然なものにしてしまっていた。邑子は顔がひとりでに赧らむのを感じた。そんな自分に猛烈に腹が立ち、そのためにかえって冷静さをわずかに取り戻した。

「あらこんにちは、ずいぶんしばらくね」

ずいぶんしばらくね、と言ってしまってはっとした。つい先々週の土曜の夜、彼は夕食に顔を見せたばかりだったのだ。ずいぶん、というほどではない。二人が密会しているという事実をひたかくしにしようとするあまり、ぽろりとぼろが出る。

「こんにちはじゃないわね、まだ。お早ようございます」慌てて前言のミスを半分だけ言い繕う。「こんな朝から、どうなさったの？」

邑子の応待の仕方から、こちらの状況を大体察したのか、相手が声をひそめた。

「彼、まだいるの、まずかったな、それは。うまくやれる？」

「ええ、ええ、そうなのよ、あの、主人とかわりましょうか？」

相手の返事も待たずに、そのまま首を捩って夫を振りかえった。「あなた、タナベ画廊の、田辺四郎さん」

邑子の夫は、顔を上げ、妻ではなく、苔をついばんでいる庭の小鳥の動きを一、二秒見ていたが、

「きみに用事なんだろう、それでかけてきたんじゃないのか」と、少しばかり放心したような声の調子で——非常に平静な、けれどもはっきりと自分は出るつもりはない、と拒絶を匂わせた言い方で——答えた。

安堵と困惑の入りまじった気持で受話器を握り直すと、邑子は少しばつが悪そうに言った。

「ごめんなさい、主人がちょっと手が離せなくて。——ご用件、かわりに伺いましょうか？」

夫の岩崎におっかぶせすぎたことで逆に不審感を強めることになったのではないかと懸念が湧く。口の中で舌が喉の方へめくれこむ感じがした。

こちらの気持をある程度察した田辺が、邑子の背後でそれとなく聞き耳をたてているであろう彼女の夫を意識した会話を始める。

「とびきり上等というわけではないけれど、まあ飲めるワインがあるから、来週にでも届けようと思ってね、電話をしたんですよ」

「あら、またわたしに何か美味しいものを作れって、そういうことなんでしょう、田辺さんの狙いは」

相手は、ハハハハ、と声を上げて、「ばれたか」と笑った。その笑い声は受話器から流れでて、静かな朝の室内に、電話の声とは思えないほど、はっきりと響きわたった。

「ちょっとお待ちになってね」邑子は送話口を手で押えておいて、夫へ言った。「いいワインがあるからもって来ますって、何時がいい？　今度の週末あたりでどうかしら？」

「来るなとも言えまい」岩崎はたいして興味を示さない。

「もしもし、お待たせして――、ええ、主人は、それで――」

「彼に伝えて下さいよ、七二年のロマネ・サン・ヴィヴァンと、六七年のシャトー・マルゴを持参しますからって」そこでちょっと声をおとし「彼、大丈夫？」と訊ねた。

「ええ、もちろんよ、じゃこちらも腕によりをかけて何か料理しなくてはね、特にリクエストおありになる？」

「あなたの腕を信用してますよ。この春ごちそうになった子羊のローストの味、まだ口のこっている。覚えている？　ワインはシャトー・ラツールの六六年だった。あの組合せは正に絶妙だったね」ワインのこととなると田辺は熱弁になる。

「よく覚えていらっしゃるのね、食べることとワインのことになると、田辺さん記憶力抜群ね」

「他のことだって覚えてるよ、あの日邑子さんが着ていたセーターの色とか。とてもいい具合のピンクがかったグレーだったね、モヘアの。それに一連のピンクパールが実にシックだった」

「そうだった？　覚えてないわ、わたし」

「あの夜、キッチンで働いているあなたに、初めてキスしたんだよ、それも忘れた？」

邑子の頰に血が昇る。今の一言は彼女の背後の夫の耳を忘れた発言だった。

彼女が世田谷の自宅のキッチンで前日のうちに焼いておいたブランディー入りのレバパテを切り分けている時だった。グラスが汚れているといいながら田辺がキッチンに入って来た。彼は例によって邑子をからかいながら、麻の布巾でグラスを拭いていた。不意に男のお喋りが止んだ。調理台にむかっていた彼女のウェストに、男の手がかかったと思うと、くるりと躰のむきを変えられていた。瞬きをひとつする間に唇が重なってすぐに離れた。

あまりにも唐突だったので、そしてあっという間のことだったので、驚くとか怒るといった感情が湧く前に、邑子は笑いだしていた。

「気でも狂ったの？」

「もうとっくにね」田辺は今しがた触れたばかりの彼女の唇をみつめながら言った。「あなたを一眼見た時から、僕はずっと狂いっぱなしだよ」

「またまた冗談ばっかり」

いつもの田辺の悪ふざけが、少しばかり度が過ぎたのだ、と思った。

「冗談だと思う？」

「当り前よ、誰がそんなこと信じますか」

「だけど僕は、いつだってあなたに、そう言ってきたはずだよ」

「主人やみんなのいる前で、ふざけてね」

邑子さん、いつ離婚して僕と結婚してくれる？　とか、岩崎さんのどこがそんなにいいの、そろそろ倦きる頃じゃないのとか、岩崎本人がいる前で平然というから気に止める者などいない。通常あまりユーモアの通じない岩崎でさえ、

「おいおい、あまり人の女房をいい気にさせないでくれよ」と失笑する。「そもそもずるいよ、きみは。大体亭主ってのはねえ、結婚記念日なんて覚えてやしないし、女房がこの前のパーティーでどんなものを着たかなんてことも忘れてしまっている。ところがきみって男は、そういう人の弱味につけこんで、次々と亭主持ちの女を誘惑するんじゃないのかね」

「おや、とうとうそんな噂が立ちましたか」田辺はニヤニヤ笑った。

「人がいようといまいと、僕は常に本心しか言わないんだ」皿の上から、小さく切り分けたレバパテをひとつつまみながら、田辺が言った。

「でもわたしは、いつだってこけにされてるみたいに感じるわ、主人や、みんなの前で」

「それは誤解だ、ひどい誤解だ」

田辺は邑子の肩に手を置いてふりむかせた。その表情がいつになくあまりにも真剣なので、邑子が笑いだした。その笑っている口を、だしぬけに男の口が塞いだ。

無味無臭の、生温いうごめく濡れた感触が、邑子の口腔を埋めた。

相手を突き放そうとしていた女の手が力を失い、ちゅうちょし、ついに、彼女の意志に逆って男の首に絡みついた。

わずか五秒ほどのことが、五分にも感じられた。それは長いという意味ではなく、それほどの充実と興奮とがあった。邑子は一瞬たりとも眼を閉じなかった。男もそうだった。何時、扉を押して誰かがキッチンに入って来ないともかぎらなかった。それを恐ろしいと思う気持で、気味の悪いほど胸が高鳴った。

そしてその胸の高鳴りは次の瞬間には、めくるめくような欲望のたかまりにとって変っていた。

二人が唇を放した時、唾液が光る糸を引いた。それは中々切れなかった。邑子が薬指を使ってそっと絡めとった。

二人の耳に、居間の方の客たちのざわめきや、笑い声や話の内容などが、再び戻った。邑子は、二つの世界を隔てている白い扉をみつめた。それが一度も押されて、誰かが顔を覗かせなかったのは、ほとんど奇蹟であるような気がした。この時になって、自分たちの大胆さに呆然として膝が震えた。彼女は眼顔で、相手に一刻も早くこの場から出て行った方がいい、と知らせた。田辺は盛りつけの終ったパテの大皿を手に、安心させるように彼女にむかって片眼をつぶってみせると、キッチンを出て行った。

一人きりになると、今のは何だったのだろうか、と自問した。始めから終りまで眼を開いて男と接吻(せっぷん)するのは初めてだった。それとあのいても立ってもいられないほどの怯(おび)え――欲望と混然一体となった恐怖。数分たってもまだその時のめくるめくような恐怖と快感とが消えずに残っていた。

田辺という男を、それまで邑子は好きですらなかった。気障(きざ)な男だくらいにしか考えていなかった。その考えは、荒々しい接吻を交わした後でもたいして変っていない。少しばかり年を喰(く)った不良少年といった感じ。親から引きついだ画廊をきりまわしてはいるが、どちらかと言えば、わずかずつだが確実に、親の遺産を喰いつぶしている男。岩崎が彼から加納光於(みつお)の版画を一枚買ったことがきっかけでつきあうようになった。その週末、版画を届けに来た時、シャトー・ムートン・ロートシルトという名の赤ワインを手土産に置いて行った。

それを飲んで、大変美味しかったとお礼の電話を岩崎が入れると、それではまたいいのが手に入ったら届けましょうと言い、事実数週後に極上のシャブリを届けると言って来た。ではこちらでデリカテッセンの生ハムとスモークド・サーモンでも用意するから一緒に飲みましょう、と、そんなふうにエスカレートして行ったのだった。従ってある意味で岩崎も邑子も、田辺四郎の親の財産を喰いつぶす――正確にはワインだから飲みつぶすというのか――片棒を、ほんのわずかではあるが、かついでいると言っていい。そんな関係だった。

だから彼女が、彼の唇に押しつけられた自分の口に、そっと指を触れ、実際には何が起ったのかまだ判然としない茫然自失した状態でいたその時には、まさか、それからわずか三十分後に、二人が性的に結ばれるとは夢にも思っていなかった。しかも自分の家の夫婦の寝室の中にある、ウォーキング・クロゼットの床で、二匹の動物のように求めあうとは……。

2

「もしもし」と田辺が言った。「もしもし、邑子さん、まだそこにいるの？」

相手の声ではっと我にかえり、邑子が謝った。

「――今夜、逢えるね、僕たち？」

気をつけて。邑子は眼の隅で夫の気配をこっそりと窺う。

「じゃ土曜日の夜に。――ええ、お待ちしています」そして少し唐突な感じに、彼女は電話を切る。夫の耳を背後に意識しては、それ以上臆面もなく会話を続けられるものではなかった。

邑子はテーブルに戻って腰を下ろし、飲みかけのコーヒーを口へ運んだ。無意識の、というよりは上の空の動作だった。コーヒーがすっかり冷めてしまっていたので、顔を顰めてカップを置いた。

「彼は何時まで軽井沢だって？」岩崎が訊いた。

「さあ、知らないけど、九月の中頃までにはこっちの画廊閉めるんじゃないかしら」

庭の樹木の重なりあう葉を縫うようにして、ようやく届いたわずかばかりの淡い日射しが、食卓に光というよりは緑色の影を投げかけている。緑色の反射が、ほとんど表情のない夫の横顔を蒼ざめて見せる。あまりにも見なれているために、その顔からもう感動を呼び起すのはむずかしいが――。

邑子は急に激しく顔を顰めた。まるでどこかがひどく痛むかのように。事実、どこと明確に言えないが、胸の奥のあたりが痛かった。

これまでも実に度々、夫の傍にいて、同じような気持に襲われてきた。泣きたいような、後めたいような、あるいは退屈のあまりねじきれそうな、欲望のような、疼きだった。

「ねえ、どうして田辺さんの電話に出てくれなかったの？　彼、変に思うじゃないの」

「変？」夫は首をあげてじっと妻を見た。彼女はつと先に視線を逸らせる。

「あなたが何かこだわっているみたいにとられるじゃない」

「俺がこだわらなければならないような理由が、何かあるのかい」

「そういうわけじゃないけど」

下手な事は言わない方がいい、と、少し後悔して、彼女は語尾を濁した。そして自分と田辺の間に起っていることについて何にも知らない、何も気づいていない夫を、そっと盗み見た。

彼女にとって一番耐え難い思いは、夫との過去八年間に及ぶ関係で、自分はただ彼に肉体を貸し与えていただけに過ぎなかったという、寒々とした認識だった。

その認識を彼女に与えたのは田辺四郎だ。彼の獣性だ。熟練とおそらくは天性の甘美な手順によって誘われた獣性という迷路の中で、彼女は怯え、傷つき、なおいっそうその暗い欲求の方角へと突き進んでいくのだ。もう後へは戻れなかった。

「コーヒー、熱いの入れなおしましょうか」

後めたさから、邑子の声は突然優しくなる。

「いや、もういい」食卓の上の緑色の影から、窓の外に視線を転じながら夫が呟いた。妻も彼の視線を追って庭を眺める。

「それにしても夏の間、ほとんど入りびたりだったな、田辺四郎」

邑子はドキリとして、それほどってわけじゃないわ、と抗議の声で言った。「せいぜい三回でしたよ」

「俺にしてみれば週末のたびに奴がいるって感じだったがね」

「大袈裟ね、他の人たちもいたわ、珈琲園の緒形さんたちとか、長沼夫婦も常連で顔だしたじゃない」

「やけにむきになって弁護するじゃないか、奴のこと」短いがぐさりと刺さるような一瞥を妻の顔にくれる。

「別にむきになんてなっていないわよ、それにわたしの知りあいじゃありませんから、田辺さん。あなたが連れてきたのよ、元々、あなたの友だちじゃありませんか」

「元々はね」

邑子はちらりと夫を上眼使いに見る。嫌な味がする唾液で口が粘(ねば)った。

「迷惑なのはむしろわたしの方だわ、なんで毎週毎週あの人が食べる夕食をわたしが作らなければならないのかしらね」

「毎週？　さっきはそうは言わなかったぜ、せいぜいこの夏三回だと、きみが言ったんだ」

「だから、つまり、わたしたち二人ともあの人をもてあましているってことよ、要するに」

我ながらしどろもどろだった。

「もてあましていたようには、きみは見えなかったよ、俺の目には」

「変な言い方なさるのね、じゃわたし、どんな風に見えました、あなたの眼に？　嬉々(きき)として田辺さんを歓迎しているように見えました？」

「いや」夫はちょっと眼を細めるようにして言葉を選んだ。「きみはむしろ嬉々とした感じを非常に注意して抑えようとしていたよ、そして実に自然に振るまったよ」

その言い方には、全く棘がなかった。皮肉とか嫌味が感じられたら、邑子は咄嗟に何とか反論の言葉をみつけだしていただろう。けれども岩崎の今しがたの声の調子には、妻の口をつぐませるような何かがあった。しかし何か言わなければならなかった。邑子は困惑を隠して、

「とにかく、迷惑な話よね」と、あいまいに呟いた。

「そうだな」と岩崎は相槌を打ち、それからさもつまらなそうに大口をあけて欠伸をひとつすると、「さてと、ヒゲでもあたるとするか」と立ち上った。

夫が洗面所へ消えた後も、邑子は同じ場所から動かず、透明な日射しの中に忍びこんでいる微かな秋の気配にじっと眼をこらしていた。

一枚、二枚と葉が回転しながら舞って行く。まだ紅葉していない蒼い葉が、風があるとも見えないのに、ある程度の間をおいて、身をねじりながら、たえまなく散っていく。

秋か、と彼女は小さく声に出して言ってみる。あれが始まったのは春だった。ピンクがかったグレーのモヘアのセーターを着ていた春先の夜だった。

夕食の始まる一時間前、子羊のローストは焼き上ったばかりで、火を止めたオーヴンの中で待機している状態だった。焼き立てを食卓に出すよりも、肉が冷めない状態を保って一時間ほど置くのが理想だった。

すっかり用意の整った食卓で田辺が赤ワインの封印を切りとる作業をしていた。銀製の

華奢な小ナイフの刃先を使って、てっぺんの鉛を注意深く切って行く。七、八人いる客たちが、思い思いの飲みものを手に、興味深そうに田辺の手元をみていた。田辺はいつもワインを扱う時にだけ見せる非常に冷静な表情を浮べて、無駄口はたたかなかった。熟練した指の動きで、四本並んだ高価な赤ワインの封印が切りとられていった。美しい男の手だと、その時初めて邑子は思った。その手に触れたい、そして触れられたい、と。

その突然身内から突き上げて来た渇望の激しさをもてあまして、彼女の躰がほんの少し揺れた。

誰も彼もが田辺に感染して息を殺したような状態で静止していたので、邑子の微かな動きに田辺が一瞬顔を上げて彼女を見た。二人の視線が食卓のグラスや皿やフォークやワインの上で絡み、離れた。

視線が離れるわずかな瞬間に、彼女は、彼が確かに何かを承認したのを感じた。あるいは認めたというサインのようなものが彼の眼から放たれたのを、感じた。視線を交わしあった二人の人間だけにわかりあえる了解の印が、あったと思った。それが何の了解であるかに考えが及ぶと、眼の底がくらくらした。

刃先がキラリと光り、最後の鉛の封印が直角に起された。田辺の口から感嘆とも溜息ともつかない声が上った。

「ご覧なさい、パーフェクトですよ」

そう言って一同にシャトー・ラツールの封印を解かれたコルクを示した。コルクは、わずかに赤黒く汗をかいていた。田辺はそこへ形の良いとがった感じの鼻を近づけて、うやうやしい芝居がかったやり方で深く香りを吸いこんだ。

「まさに飲み頃。一週間遅れたらアウトでしたね」

次いで珈琲園の主人が香りを嗅いで「触れなば落ちん乙女の風情とはこのことですかな」と調子を合わせた。

「乙女というよりは女盛りと、むしろ言うべきでしょうな」と、慇懃に田辺が訂正した。

「コルクを抜く前に十五分ほど、このまま静かにさせておいてやりたいんですがね」と彼は一同に説明した。

客たちはうなずいて取りかこんでいた食卓から、居間のソファの方へ移って行った。

岩崎は客の食前酒を新しく作り直したり、氷を入れてやったり、ソーダーを注ぎ足すことに忙殺されていた。その間珈琲園のママが彼にぴったりついて助手役をやりながらたて続けに喋っていた。

誰も彼もが何かしらしており、何かに気をとられたり夢中になったり、お喋りに熱中したりしていた。つまり誰も他の誰かが何をしているか、ということに無関心だった。誰が部屋の中にいて誰が不在なのか、とか、誰がトイレで誰が化粧直しに洗面所に消えたのか、そんなことを全然気にかけない混沌(こんとん)の瞬間があった。

食卓にむかってグラスの位置を正していた邑子が、ふと人の視線をはっきりと感じて眼を上げた。部屋の隅から自分に注がれている田辺の視線だった。彼は彼女にむかってそれとわかるかわからないほど微かに片方の眉(まゆ)を上げてサインを送ると、数歩後退(あとずさ)り、次の瞬間洗面所に通じる方角に姿を消した。

邑子はもう一度食卓を見廻(みまわ)し、乱れたフォークの位置を直してから、いかにも肉の具合をみに行くような感じでキッチンに入って行った。

それからそのまま中を横切り、反対側のドアから素早く洗面所へと抜けた。

鏡の前でネクタイを直していた田辺は、背後にチラと彼女の姿を認めてうなずいた。

邑子は階段を一気に駈(か)け昇った。緊張と不安のために吐き気がした。夫婦の寝室に飛びこむと、後手に扉を閉め肩で息をした。

自分が何をしようとしているのか、はっきりと分かっていた。しかし何故かは、わからなかった。ただひたすら、それがやりたかった。そしてひたすら恐怖におののいていた。欲望と恐怖はどちらがより強いということはなかった。等分だった。

彼が追って来なければいい、と本気で思った。束(つか)の間(ま)、祈らんばかりにそのことを願った。

しかし彼は来た。扉を押し、次の瞬間には室内に滑りこみ彼女の前に立っていた。

絶望のあまり、彼女は低く呻いた。ああ、早く、早くして。恐怖と不安と期待と欲望とで、彼女はめちゃめちゃになって言った。早く早く、倒れてしまいそうだわ。

階下にいる人たちの事を思うと、膝がなえたようになり、その場に沈みこみそうになった。今ならまだ間にあう、後にひき返せるという思いが頭の中でたえず白い閃光のようにちかちかしていた。今すぐに引き返せば、誰にも何もけどられず、従ってパーティーは無事に続けられるだろう。もちろんそうしなければいけない、一体わたしは今ここで何をしているのだろう、気でも狂ったのか、と邑子は男の腕を摑んだ。

彼女は彼を扉の方へ押し戻そうとしたのだ。本気で。ほとんど必死で。それなのに、実際に何が起りつつあったかというと、彼女は彼の腕を逆に引っぱっていた。

二人はもつれるような足取りで寝室の奥へむかった。そこはだめと、夫婦のベッドの傍を通りぬけた。そのまま右手奥のウォーキング・クロゼットの中へ滑りこんだ。

二メートル四方ほどのスペースは、天井のパイプから下っている衣服で一杯だった。ドアを開けると自動的についた電気が、再びドアを閉じると消え、真暗になった。二人は床の上へもつれながら崩れ落ちた。

そこにはほんのわずかばかりの温い空間があった。足や頭や腕に、帽子やバッグ類や衣装箱などがたえず触れたりあたったりした。

早くして、早くしてと邑子はせっぱつまった愛撫のような声で言い続けた。眼を開いていても閉じても、全く同じ真の闇だった。スカートがめくり上げられ、膝が割られた。そしてだしぬけに、まったくだしぬけに相手が彼女の中に入って来た。前戯もなく、下着すらつけたままだった。深くくれた脇のところから、強引に押入り、侵入してきた。

彼女はそんな乱暴なやり方に馴れていなかったので、ひたすら驚愕し、そして興奮した。眼は閉じなかった。閉じられなかった。何も見えなかったがドアのあたりをぴたりと凝視していた。今にもそこがいきなり開いて、頭上の電気がつき、あられもない二人の姿が、人々の眼にさらされるのではないかと、びくびくしていた。男はほとんど真直ぐに上半身を起して、巧みというよりはある種の運動選手のように、ひたすら突いてくる。まるでひと突きごとに大砲を下腹の奥に打ちこまれるような具合だ。

驚いたことに、彼は彼女の都合や快感など全く無視して、ひたすら自らを解き放つためだけにそうしていた。そして不思議なことに、そのやり方は彼女の根本的な生理に訴え、彼女は背中や腰や尻を固い床でこすられ、頭を何度も何かの箱にぶつけられながら、そして何時ドアが開かれるかもしれないという恐怖で粘ついた汗を全身に吹きだしながら、抑えても抑えても呻き声がもれてしまうのをどうしようもできなかった。何も聞こえなかった、そして何も見えなかった。ただひとつのことだけが起っていた。彼女のあそこに彼のものがぶちこまれ硬いペニスが膣を突き破らんばかりに動いていた、それだけだった。テンポが早くなった。更に早くなった。誇らしいような思いがした。この男は真のセックスをする男だ。素敵だった。ほとんど苦痛だった。熱かった。ドアの外で誰かが息をひそめて中の気配をうかがっているような気がした。冷たい汗が流れて脇腹を濡（ぬ）らした。相手が最後の揺さぶりをかけてくる。息がつまった。肢（あし）のつけ根が痙攣（けいれん）した。気が狂いそうだった。早くして、夫が来るから、みんなが覗（のぞ）くから、ああいい気持だわ、死んでしまうわ、どうなってもいい、もうかまわない、みんなに知らせたい、今していることを階下のみんなにつぶさに見せたい、早くして早く。そしてついに相手が爆発する。全（すべ）てが静止し、ふいに彼女の中から温いものが滑り出ていく。

「ごめん」男の声がごく近くでした。「僕だけいって、悪かった、でもこんなのは初めてだ、すごかったよ、怖いほどすごかった」二人は素早く暗がりの中で衣服を整えた。

「ぜんぜんかまわないのよ、それに謝る必要もないわ」邑子が素直な声で見えない相手にむかって答えた。

「じゃ、僕の借りということにしておくよ」

「そうね、この次の時にね」

二人は寝室に出た。フットライトがついているだけなのに、眼がくらみそうに感じられた。光になれるまで数秒そこにたたずんで、邑子が先に階下へ降りて行った。彼女はそのままキッチンに入り、グレービーソースを温めた。温めながら手鏡を出して顔を点検した。髪がわずかに乱れているだけで、口紅もはげていなかった。おつまみ用のパセリのディップと生野菜のスティックの入ったガラス鉢を手にキッチンを出た。

彼女が怯えていたのにもかかわらず、誰も邑子の登場に注意を払わなかった。

「まだまだ、後五分、五分待って下さい」と田辺が長沼夫人にむかって笑いながら言っていた。とすると、自分たちが消えていたのは十分ほどのことだったのか。邑子には、三十分にも四十分にも感じられたのに。

しかもあのウォーキング・クロゼットの中で、恐怖と苦痛と快楽の呻き声をあげていたのは、更に短い時間だったのに違いない。十分の内には彼女が前後にキッチンでまごまごしていたり、グレービーソースを温めていた時間も含まれていたのだから。あの中にいたのは、正味五分にもならなかったのだ。

そう認識すると肩のあたりにしこっていた緊張が解け、力がすっと抜けるような気がした。

居間のテーブルの上へ野菜鉢とディップを置いていると、珈琲園のマダムが言った。

「氷がなくなったんで頂きに行ったら、キッチンにいらっしゃらなかったでしょう。勝手に冷蔵庫をあけましたよ、悪かったかしら」

「あらごめんなさい」と邑子は微笑を浮べた。「洗面所でお化粧をちょっと――」直していたのだと語尾をなれあいふうに濁した。そう言いながら、さりげなく髪に手をやった拍子に、片方の耳のイヤリングが失われているのに気がついた。別に慌てるふうにでもなく、彼女はもう一方のイヤリングを目立たないように外し、そっとスカートのポケットに落した。片方はクロゼットの床に転がっているのに違いない。後で忘れずに拾っておこう。ちらと、夫を見たが、珈琲園のマスターと何ごとか熱心に話しあっていた。どこにも変った様子はなかった。

あまりにも事が安全に運びすぎたので、なんだか拍子ぬけするくらいだった。みなさん、わたしを見て、何喰わぬ顔をしていますけど、たった今、そこにいる画廊の男と、二階ですごいセックスをしてきたんですよ、そう言ってやりたい、という衝動で躰が震えた。

「さて、そろそろコルクをあけますか」という田辺四郎の声がした。ソファから何人かが立ち上がった。邑子はキッチンへ戻り、グレービーソースの火を止めた。

3

不思議なことにイヤリングは、結局みつからなかった。その夜は、ワインを飲んだり食後にブランディーを飲んだりしたために、すっかり忘れて、翌朝眼が覚めると同時に、はっと思い出したのだ。そっとベッドを抜けてクロゼットの中をたんねんに探したが、なかった。

少し後で、帽子や靴の箱などの間を探し直したがやっぱりみつからなかった。掃除をする時も気をつけてカーペットの隅々まで眼を光らせたが、だめだった。邑子のイヤリングは、忽然と消えてしまった。

岩崎がヒゲをあたったばかりの顎のあたりを撫でながら戻ってくる。小ざっぱりとして清潔な容貌。姿勢も良く、まだ腹も出ていない。この男のどこが悪いというのだろう、と邑子は後めたい思いで近づいてくる夫を眺めた。他に女をつくるとか、日曜のたびにゴルフにくり出して行くということもなかった。まずは理想的な夫。

わたしはもしかしたら、この人がいるから田辺四郎に溺れるのではないだろうか。後めたいし、時には息の根が止るくらい怖い思いをするけれど、彼を裏切っているという痛いほどのスリルがあるから、男との密会があれほど輝くのではないか。もし何もかもが白日のもとに露出され、秘密が秘密でなくなってしまったとしたら、獣性はもはや甘美な迷路ですらなくなってしまうだろう。

岩崎という、ある意味では非のうちどころもない夫の存在があるから、今の情事が可能になったのだ、と考えるのは皮肉なことだった。不倫の恋だからこそ、これほどの陶酔があるのだった。憑かれたように豊かなのだった。

「物思いにふけっているところを悪いが、やっぱりコーヒーをいれてもらおうか」岩崎が妻に言った。

ええいいわ、と立ち上る彼女の背中に視線を注いでいたが、

「考えてみると、美味いワインを飲ませてくれるのはいいんだが、田辺の例のろくでもな

いワイン談義に長々とつきあわされるのにはへきえきさせられるよ」と言った。

「そうね」と、邑子は夫の出方を待ってあいまいに答えた。

「しかしあそこまで浅薄な知識を披露するとなると、むしろ愛敬だからな」彼はそこでちょっと言葉を切って、妻の横顔を眺めた。「本音を言えば、きみのボーイフレンドのワインパーティーってやつは、俺のひそかな楽しみとするところだよ」

「私の、何ですって？」高飛車に問い返すつもりが、声がかすれた。邑子は二つ瞬きをして語尾の方を呑みこんだ。心臓が突かれたみたいに鋭く疼いた。

ボーイフレンドなんかじゃないわ、冗談言わないでよ、と否定するタイミングをわずかに逸してしまったので、そのことがもう長い間の既成の事実であるかのように、突きつけられたような気がした。罠にかかったような、不本意な怒りで顔が紅潮した。

「あなた、嫉妬してる」

「俺が？」岩崎がじろりという感じで妻を見た。思わずたじろぐような冷たい視線だった。

「何で俺があいつに嫉妬などするんだ」

「だって田辺さん、あなたのいる前で、よくわたしのことくどいたりするじゃないの。あなただって、時々臆面もない嫌な奴だって怒っていたじゃありませんか」自分の言葉に勇気を得て、彼女は言いつのった。「そうよ、そうだわ、あなた妬いてるのよ、それで、わたしのボーイフレンドだなんて嫌味を言うのよ、そうにきまっている」

お湯が沸いた。ひきたての豆の上に湯を注ぐ。粉がふっくらと膨む。そしてゆっくりとしぼんでいく。茶碗の中に、香りの高いコーヒーが溜っていく。

「ところが全然違うね」と夫はにべもなく言った。「そしてきみもそのことを知っている」

「わたしが、何を知っているですって？」

邑子はいれたてのコーヒーを静かに夫の前に置く。

「俺がそんなこと、へとも思っていないってことをだよ」

「そうよ、だから言ってるのよ、わたし。あんなふうに人前で他人の奥さんくどくような人にかぎって、根は臆病なのにきまってるわ、何も含むところがないから、あれだけ調子のいいことが言えるのよ」

「ずいぶん熱心に彼氏の肩を持つじゃないか」岩崎はさもつまらないことのようにそう言い、コーヒーを口へ運んだ。

「へえ、肩をもっているように聞こえたの!?」邑子はわざと大袈裟に驚いてみせた。「わたしは非難したつもりだけど」

「非難したようには聞こえなかったね、むしろ必死になって擁護しているように、俺の耳には聞こえたがね」

「大体、わたしが何を擁護しようって言うのよ」

「俺に聞くのか」

「だってあなたが言いだしたんでしょう、だいたいあんな男、なんだって言うんでしょう、嫌いだわ、第一気障よ、気障で鼻もちならないわ」

岩崎は鼻の先でそれを冷笑した。「そうムキになるなよ、顔にはそうじゃないって書いてあるぜ」

「変なこと言わないでちょうだい、さっきから変よ、あなた。悪ふざけにも程があるわ、第一、まだ答えていませんよ、擁護するとか、あれ何のことよ」

「きみはだね、一見非難と見せかけたやり方で、あの男を擁護している。そして更に、同じやり方で、きみとあの男の関係を、多分自分ではそうと気づいてはいないんだろうが、無意識に擁護しているんだ」

「なんてくだらないんでしょう、話にもならない、あんまりくだらないんで腹も立たないくらい」

邑子は立ち上り夫に背をむけて歩み去る。本当は、さすがに顔色が変ったからだった。

「あなたがそんな事疑っているんだったら、今度の土曜日のことキャンセルしましょうよ、面白くないわ、わたし」彼女は辛(かろ)うじて強気を装った。

「無理するなよ。それにせっかく美味いワインをご馳走(ちそう)してくれようっていうんだから」

「あら、あなた、さっきはくだらないワイン談義にはへきえきだとかおっしゃっていなかった?」

「安心しろよ、君の彼氏の前では言わんよ」

「関係ないわ、ぜんぜん」邑子はあくまでもしらを切り通そうとした。「ねえ、いっそのこと、本人にそう言ってやったらどう？　田辺くん、きみのワイン談義は実に雑駁（ざっぱく）だねって。ついでに、臆面もなく他人の女房を眼の前でくどくことも止めるように、是非とも言ってやったら？」

「そいつは止めとくよ」急にさめた口調で邑子の夫が言った。「せっかくの楽しみをぶち壊すようなヤボは、俺の趣味じゃないからな」

「本当はそんな勇気がないくせに。あなたはいつだってそうなのよ、見て見ぬふりをするのよ」

「俺が何を見て、何を見ぬふりしているのか、きみは気づいているかね」

夫の厳しい視線に釘づけにされたまま、邑子は食堂の中央あたりにとうとう立ちつくしてしまった。

「あてずっぽに推量するのはそちらの勝手だわ」彼女は最後の力をふりしぼって、もう一度反論を試みた。「でもありもしないことを、あたかも何かあったように邪推されるのはほんとうに迷惑だわ、第一、そんなあなたを見ていると、あなたが口で言うほどに気にしていないのか、あの人のこと嫉妬していないのかどうかも疑わしいものよ――」

「事実、興味ないんだ」と、夫は憮然（ぶぜん）とした声で言った。

「それにしてもよ、愉快じゃないわ、仮りにもあなたの友だちじゃありませんか」
「今ではきみのね」その止めを刺すような語調に怯んで、とうとう邑子は口を閉ざした。

4

夫は寝室で着替をしている。そろそろ出発の時間だった。邑子は車のキーを手に、落着かない気持で待った。

なんだか肌寒かった。心細いのだ。いやそうじゃない、怖いのだ。夫は知っている。なぜわかってしまったのだろう。田辺は完璧だった。やり過ぎもせず、とても上手にやったと思う。わたしも、へまをやった覚えはない。

今朝の電話のせいかしら。確かにあれはまずかった。夫が居ないとわかっている時間に電話をかけてくるのは、失敗だった。けれども全然知らない仲じゃない、あれが決定的なミスであるはずがない。

すっかり着替を終えた夫が戻ってくる。彼女は先に立って車の方へ歩いて行く。無言だった。

ＢＭＷにキーが差し込まれ、エンジンがかかり、車庫をあとにしても、二人は口をきかなかった。旧道はそれほど混んではいない。ピークを越えた感があった。

「俺がなぜ、あいつときみのことに気づいたのか、知りたくないか」

万平(まんぺい)通りを右へ曲るところで、不意に岩崎が言った。

「知りたくないわ、なぜって、あの人とわたしの間に何かあるなんてあなたが考えること自体からして事実じゃないもの」絶対に証拠などつかまれていないのだから、あくまでもしらを切り通すつもりで邑子が答えた。「でもどうぞ、あなたがどんなことをでっちあげるのか、興味がないわけじゃないから、話したら？」

「強気だな」と夫は苦笑した。

サイクリングの若者が一列になって進んでいく。邑子はスピードを二十キロに落して徐行する。

「男というものはね、自分の見ている前で女房にいちゃつくような男なんぞ、座興だぐらいに考えて、用心などしない。それはそうだ、さっききみもその点について言及したとおりだよ。ところが奴(やっこ)さん、そいつの裏をかいていたんだ。俺を見事に騙(だま)したつもりでいた。もっとも、初めのうちは、その通り騙されたがね、信号が変るよ」

半分上の空でアクセルをふみかけた妻に注意を与える。

「実に上手にやったからな、しかしあれくらい上手(うま)くやられると、逆に疑惑が湧くんだ。あまりにも自然すぎて、作為的に見えてしまうということが、よくあるんだな。さりげなくやろうとして、それがあまりにもさりげなさすぎて、かえってある事実を露呈してしまうようなことが。――田辺ときみの失敗は、そこにあったと俺は思うんだ」

「それだけ？」邑子はこっそりと下唇を咬んで言った。信号が変る。

「急ぐなよ」

「でも言うことがあるんなら急いだ方がいいわよ、駅はすぐそこだから」

「きみは、俺の要求に対して——夜のだよ——微妙に態度を変えた、そのことも疑惑をつのらせた」

「三度に二度、わたしが断るから？」

「むしろ逆だよ、三度に一度、俺の要求に屈するからだよ」

邑子は絶句したまま車を走らせる。駅に近づくにつれわずかに道が渋滞している。

「他にもあるの？　わたしと田辺さんとのことで、あなたが疑惑を抱いた理由が——もっとも、疑惑を抱くのはあなたの自由ですから」

「今朝の電話が、ある意味では決定的だったな」

「あの人から電話がかかってきたのは、何も今朝が初めてじゃないわ」

「俺のいるはずのない時間帯にかかったんだ」

「だけど用があったんじゃないの」

「その通り、きみに用があった」

「そういう意味じゃないわ、ワインのことでよ」

「しかし、なんでもない関係の男が他人の女房にむかって、いきなり『僕だ』とは言わないものだぜ」

「あなたの聞き違いじゃない？　そんなことあの人言わなかったわ」

駅の前へ、斜めに切りこんで邑子は車を止める。

「聞き違いであって欲しいと、俺も思うよ」助手席のドアのノブに手をかけながら夫が言った。

それからふと思いだしたように、夏背広の胸の内ポケットに手を入れ、何かをとり出すと、妻の手の中にそっと落した。ひんやりとしたすべすべの感触で、何であるかは見るまでもなくわかった。

「クロゼットの中でみつけたのね」

思わず彼女は呟いた。失くしてしまった片方のイヤリングだった。

「ああ、それできみたちの、最初の裏切りの現場が明らかになったよ。実はどこでやったのかと、ひどく気になっていたんだ、そうか、ウォーキング・クロゼットの中だったのか」

ドアを押し岩崎は車の外に出て空をあおいだ。

「ひとつ質問していい？」邑子は、すっかり諦めた沈んだ声で言った。「これ、どこでみつけたの？」

「それが不運なことに田辺の服から落ちたのさ」岩崎は気の毒そうに言った。「きっと上着の内側かベルトのあたりにひっかかっていたんだろう、ワインのコルクを抜いている最中、転がり落ちたのを、拾ったんだ、誰も気づいちゃいなかったがね、むろん田辺も知らないよ」

じゃ行くよ、と夫が背をむける。ええ、と邑子はうなずく。後に続ける言葉がなかった。彼女はしばらくの間、朝の日射しをフロントグラスごしに受けながら、夫の姿の消えた駅の入口のあたりをみつめていた。左手の中で、体温を吸って温くなった真珠を無意識に転がしながら。

誰かが背後でクラクションを激しく鳴らしていた。邑子はハンドルを大きく回し、ゆっくりとその場からスタートした。電話のことから、何もかもがすっかり変ってしまった、と思った。もちろん電話のことが唯一の原因じゃないけど。田辺四郎にそのことを知らせようとも思わなかった。

一等待合室（ファースト・クラス・ラウンジ）

ロシア産の銀狐(シルバー・フォックス)の七分丈(たけ)コートと、その下にグレーのソニアのパンツ・スーツを着ていれば、たいていの関所はフリーパスだ。で彼女は現在、空港のファースト・クラス・ラウンジの、羽毛のつまったソファに深々と腰かけていた。

いかにも旅なれた様子。手荷物もなく、パスポートが収まりそうな程度の小型バッグがひとつ。黒の上等なカーフで出来ているそのバッグは、無造作に躰(からだ)の横に置かれている。

大きなサングラス。実用というよりは、アイデンティティーをはぐらかすふうな目的で使われている節がある。あるいは名の知れたあまり若くはない女優が、空港建物内の蛍光灯によって暴きだされる眼の下の隈(くま)を、隠しているというふうにも。

上等のグレーのスーツに、カシミアのコートを肩ではおった男が、前を通り過ぎる際に、値踏みするような少し長めの一瞥(いちべつ)を、シルバー・フォックスの女にくれていった。

女はみじろぎもせず、男の視線に耐えた。黒いカシミアのコートの男は、ゆったりとした足取りでいったんバーコーナーまで行き、低い声でウォッカ・マティニーを注文する。注文の飲みものが出来上るまで、よく磨きぬかれたカウンターの真鍮(しんちゅう)の足かけに片足をのせ、いかにも寛(くつろ)いだ感じでゆっくりと女の観察を始めた。

女は、男が自分の品定めをしているのを承知で、足元のマガジン・ラックの中から雑誌を選び、いったん最新号のヴォーグを手にとるが、思い直してそれをラックの中に戻し、かわりにタイム誌を取り上げた。

ふるいつきたくなるような美しい女というものが、世の中にはまれにいるものだが、そしてそういう輝くような美貌(びぼう)の女は周囲の男たちを、彼女のような女とは生涯決して係わりになることはないだろうという自覚で深い絶望感におとし入れ、同性の女たちの胸を創造主の不公平さに対する怒りと悲しみとで黒々と染めはするが、彼女を見る人々の眼には総じて激しい憧憬(どうけい)と賞賛と畏怖(いふ)と、本人たちは意識していないがほんのわずかな蔑(さげす)みの混った、渇望の光が共通して点じていた。

けれども、ファースト・クラスのラウンジで、タイム誌を開(ひろ)げている女には、媚(こび)というものが全くといってよいほどないので——美貌の映画スターのまわりでたえずきらめいている星くずのようなものは、この媚に他(ほか)ならない——ふるいつきたくなるような美しい女というよりは、ハンサムな女という形容の方が似つかわしい。若き日のエリザベス・テイラーは前者だが、フェイ・ダナウェイ、ヴァネッサ・レッドグレーヴ、それに少し意味あいは異なるが英国のマーガレット・サッチャーも、ハンサムな女性の範疇(はんちゅう)に入る。

それはともかく女はタイム誌の頁(ページ)をめくっていく。指先にわずかな倦怠(けんたい)感が漂う。

出来上ったばかりのウォッカ・マティニーを口元へ運んでいたカシミアコートの男が、

その指先に漂うわずかな倦怠の色合いに注意をとめた。次の瞬間には彼は既にある目的をもつ足取りで歩きだしていた。手にしたグラスの中の薄いコハク色の飲みものは、小さなさざ波ひとつたてない。

「失礼」

かつてクラーク・ゲーブルがスクリーンの中でよくやったように躰をわずかにひねるポーズ。男の顔の上に滲んだように浮んでいるシニカルな薄い微笑を、女は見上げる。

「お一人ですか?」薄い微笑が更に広がると、片方の上唇が少しめくれたような感じになり、そこから白い歯並びがこぼれた。

「二人に見えます?」女はにこりともせず、冷ややかに答えた。

「幸運なことに」と、男は女のすげなさを軽く受け流す。「現在のところは一人に見えますね」

「それではきっとそうなんでしょうよ」女は人ごとのように言って、男の顔や手の上の季節外れの日焼けに眼をとめた。

「坐ってもいいですか」そう訊ねながら男はすでに彼女の斜め向いに浅く腰を沈めた。

そうした一連の男の動きと、女の反応を、搭乗待ちのファースト・クラスの旅客たちが、さまざまな表情でうかがっていた。あるものはさりげなく、別のものは無関心さを装って。美容院から今出て来たばかりと言った感じの女客たちはひそかに片方の眉を上げて、軽蔑の感情を連れの夫や男に伝えた。

「どうやら僕は、ファースト・クラスの女性客（レディ）を全員、失意のどん底に突き落してしまったらしい」男がラウンジをひとわたり眺めまわしながら、臆面（おくめん）もなく言った。

「どういう意味？」タイム誌をマガジン・ラックに戻しながら、女はたいして興味もなさそうな口調で訊（き）いた。

「彼女たちでなく、あなたを選んだから」

「自惚（うぬぼ）れてるのね」ぴしりとした調子。

「それに見てごらんなさい、男共の顔に浮んでいる嫉妬（しっと）の表情を」

「ますます自惚れているわ。女を失意のどん底に突き落し、男を全員敵にまわしてしまったと言わんばかりね」女は指をバッグの口金にかけて、中からセイラムのロングフィルターを一本抜きとった。すかさず男がコーヒーテーブルの上のマッチを取り上げて火をつける。

「それが事実だから」と、男は急に親しげに顔を寄せた。苔（こけ）と革をあわせたようなグリーンノートが、微（かす）かに女の鼻をついた。「窓際のアラブの王さまみたいな男を見てごらんなさい。今にも決闘を申しこみそうな鼻息だから」

女は、男の親しすぎる態度と口調とを暗黙のうちに批難するように、すいと躰を後に引き背筋を伸ばした。

アラブの王さま然とした男が全部で六人いた。そのうち五人が鼻の下、あるいは顎、あるいは頰、またはその全部に髭をはやしている。女は吐きだした煙ごしに一行を観察した。そして言った。

「どの男が王さまですって？」

「顎の先にちょび髭をはやしたでっぷりと太った奴さ」男が自信ありげに答えた。

が、女は否定的に首をふった。

「王さまかどうかは知らないけど、あの中で一番位が高いのは、髭のない一番若い男よ」女が言いきった。

そう言われて男は、無遠慮にアラブ人たちの上に視線を注いだ。

「髭の人たちは彼の高官といったところだわ」

「賭ける？」不意に男が訊いた。

「いいわ」あっさりと女が同意した。「でも何を？」

男がニヤリと笑った。

「最初の寄港地での一夜の情事」男は女の横顔にじっと視線をあてた。沈黙。やがて女が言った。

「それはわたしが負けた場合ね？　わたしが勝ったらどうするの？」

「なんなりとおおせの通りに」男が大袈裟に頭を下げた。

「それではそのコートの下の白絹のスカーフを」

「きまり」男がそう言って、ウエイターを呼び、女の飲みものと自分のおかわりを注文した。

「旅の最終目的地は?」男が訊いた。

「ここよ」あっさりと答える女。一瞬男が狐(きつね)につままれたような顔をした。

「あ、そうか。それはそうだ」と一人で納得。「最終的には出発したところへ戻ってくるわけだ」

ウエイターが二人の前に飲みものを置いた。

「よくジンを飲むの?」男が杯を合わせながら訊いた。

「午後四時を過ぎたらね」カツンと小さな固い音をたててグラスが触れあう。

青い制服のスチュワードが、乗客名簿とおぼしき書類を手に、ラウンジの入口に立つのが見える。

「ほら来たぞ。さっきの賭けの結果を知っている人間が」そう言ってスチュワードに合図しかける男の手を、女がそっと制して、

「急ぐことはないわ、楽しみは先に伸ばしましょうよ」

「オーケイ」男はあっさりと手を引いた。

「ところで何かで読んだのだけど、ジンというのはあまりご婦人によくない飲みものだということだよ」

「そうなの？」ジン・アンド・トニックのダブルを二口続けて飲みながら、女が言った。

「どんな風に良くないの？　それにどうして女だけなの」

「なんでも子宮に炎症を起すらしい」

「それが事実なら、男には当然関係ないわね」女はサングラスの陰で視線を落した。見も知らぬ初対面の男が、口にした「子宮」という言葉が、まるで性器の俗称を言ったかのような印象を女に与えたのだ。で、女は冷たい口調で早口に続けた。

「それじゃ、たとえばこのハッカ入りの煙草についても一言があるんじゃありません、ドクター？」

「たとえば？」平然と男が応じた。

「肺に癌細胞を生ずるとか、ハッカは性的反応を鈍らせる副作用があるとか」

「で、副作用のほどは？」面白そうに男が訊いた。

「第一寄港地に着いたら、いずれわかるわ。もっとも賭にあなたが勝ったらの場合だけど」

「そうさせてもらいますよ」まるでもう勝負があったかのような言い方。

スチュワードは、いかにもアメリカ人のジェットセッターといった感じの二人のビジネスマンとの談笑を終り、美容院から直接パリのオートクチュールへでも出向いていくような感じの女の前に進みでる。

「マダム・ルライエ？　ご気分はいかがです」ひどく退屈していたマダム・ルライエは、傍の亭主のことなど忘れたかのように、ハンサムで若いスチュワードに向って豆鉄砲のように喋(しゃべ)りだす。

「結婚をしている女性の——それも妙齢のとびぬけて美しい——一人旅というのは、嫌でも男の想像力をかきたてる」男が、女の薬指の指輪に視線をあてながら、いきなりそう言った。

「どうせ、ろくな想像ではないんでしょうね」女は冷たくかわした。

「それどころか」と男は芝居じみたポーズで言った。「旅の先々であなたが巡り合うであろう男共に対して、猛烈な嫉妬を覚えますよ」

「まだ何も起っていないのに？」女がそこで初めて笑い、ほとんど無意識の仕種(しぐさ)でサングラスを外すと頭の上に押し上げた。しかしそれまで隠されていた切れ長の眼(め)は、少しも笑ってはいない。眼尻(めじり)には、年齢にしてはまだ早い皺(しわ)の気配のようなものが見え、それが女を疲れたようにも退屈しているようにも、飢えているようにも、セクシーにも見せていた。

男は、切れ長の女の眼の中に浮んでいる暗い色合いに微かにたじろいだ。女はあきらかに、今、不幸そうに男の眼に映った。

「わたしはもしかしたら、一足先に旅立った夫と、第一寄港地でおちあうっていう段取りになっているかもしれないじゃないの」と女がジンの入った飲みものの上に眼を落して言った。

「もしかしたらね。でも僕は違うというほうに賭けるな」

「又？」女が苦笑する。「今度は何に賭けるつもり？」

「第二寄港地の一夜の情事」

「夫はそこで待っているのよ」

「アンカラで？」男の眼が光った。「どうかな、そいつも怪しいぞ。僕は嘘だというふうにみるね」

「賭ける？　ギャンブラーさん」

「いいですよ、第三寄港地での情事を賭けましょう」

「この分では長旅になりそうね」

「願ってもない長旅だ」男の口調に深刻さが滲んだ。その後に続く長めの沈黙。そして女がぽつりと言った。

「ひとつだけ教えてあげましょうか？　女が一人で旅に出るということに関して」

「是非」男は躰を少し前に乗りだした。

「ひとつだけ確かなことはね、何かからの逃避なのよ。多分、現実の生活からの」

「それなら男だって同じだ」

「おそらくね。でも今、あなたは違うでしょう？」

「どうしてそう思う？」

「だって見るからに精力的で多忙で、自信に溢れたビジネスマンて感じですもの」

「案外、若い男に走った女房に捨てられて、傷心の一人旅かもしれないじゃありませんか」

「そんなふうにはとても見えないけど」女が微笑む。「そうなの？」

「だといいという、これは結婚十何年になんなんとする男の願望」唇の端がわずかにめくれ、白い歯がこぼれる。

「奥さんが若い男と駈け落ちすることが？」

「というより、それに続く結婚生活からの解放のこと、しかも駈け落ちした古い女房には一銭も慰謝料を払う必要はない。まんまと無料で自由への切符が手に入るとしたら、これは世界中の夫たちの切実なる願望だよ」

「まるで結婚に幻想を抱いていないみたいに言うのね」女は男から眼を逸らせ、アラブ人たちの方へ近づいていくスチュワードの青い制服をみつめた。

「当然幻想など抱いちゃいない。あなたは？　まだ結婚というものに幻想を抱いている？」

　女はしばらく無言で考える。

「そうね、多分まだ幻想を捨て切れないのだと思うわ。だから、こんな場所にいるってわけよ」女はファースト・クラスのラウンジをそっと見まわした。

それから何かを思いだしたように、ふっと笑った。

「何がおかしい？」男が訊いた。少し心配そうな表情。

「あなたのことを笑ったんじゃないの」女は首をふった。「気にしないで」

「気にはしないけど」と男が言った。「笑いには、色々な表情と意味があるんだなと、たった今あなたを見ていて考えた」男はじっと女をみつめた。「少なくとも今の笑いは幸福感からくる笑いじゃない」

「そんな深刻なことじゃないのよ、聞いたらなんだと思うわ。くだらないことよ」

「話してみたら？」

「どうせ退屈なことだわ」

「かどうか言ってみなくてはわからない。それにどっちみち、まだ大分出発まで時間がかかりそうだ」

二人の他人はそこでみつめあう。女の長い指が、こめかみのほつれ毛を掻き上げた。

「配偶者を締め殺したいと思うことはない？」とやがて女が言った。相手に答えを求めているという言い方ではなかったが男が答えた。

「あるよ、日に何度も」

女は意外だとばかり、男の底にグリーンを秘めた茶色い瞳を覗きこんだ。

「そうなの？　私だけかと思っていたけど」

「たとえば最後にあなたがご亭主を締め殺したいと思ったのは何時のこと？」

「たった今朝方のことよ」と女は答えた。

「原因は？」

「とってもつまらないことだわ」と女が言った。「人に話しても滑稽なだけよ。信じてももらえないんじゃないかしら。でも当事者にすればそれは深刻であげくの果てには殺人衝動にかられるってわけ。それもたかがトーストのことでよ」

「トースト?!」

「そう、トースト。昨夜はじゃがいものことだったわ。その前には窓枠に溜っていた三日分の埃。たった三日分の埃よ。それなのに彼ときたら鬼の首でもとったみたいに言うのよ。『ちょっとばかりボクが見て見ないふりをすると、もうこうだ、一年も埃をためちまう』『一年もですって？　見て見ないふりですって？』とわたしは叫ぶわ。『あなたがただの一度でも何かを見て見ないふりをしたことがあったかしら』って。すると『放っておけば一年はおろか五年でも十年でも埃をためちまうような女なのさ、キミは』って、きめつけにかかる。『ボクは埃の中で窒息するのはまっ平ごめんだからな』『埃で死んだっていう人の話なんて、聞いたことないわ』とわたしがやり返す。だけど彼は負けていない。『多分、ボクがその第一号だろうさ』」

男は不意に小さく声をあげて笑った。

「ほらね、やっぱり滑稽でしょう？　他人にはとうていわからないのよ」と女は批難した。

「そうじゃない、笑ったのは、似たような覚えが僕にもあるからなんだ。それも何度もね。埃の件ではないけれど。いいから先を続けて」

「つまりそういうことなのよ。ふと眼についた三日分の埃のために夫婦が仇敵のようにいがみあい、憎しみあうっていうこと。たかが埃のことでよ。わたしこんな議論信じられないって、あの人に金切り声を浴びせかけるわ。人生は埃じゃないんだって。変な言い方ね。すると彼は、人生は埃だって、これも妙なことを喚く。でわたしはそこいらにある何か尖ったものを鷲づかみにして、いきなり彼に突きかかるわ。ほとんど衝動的に。成功したためしはないけど。たいてい手をねじ上げられて、お終い」女の手の中のグラスの中の氷片がふれて軽やかな音をたてた。

「トーストの件は？」と男が低い声でうながした。

「似たようなことなの」女は沈んだ声で喋った。「うちの人は超薄切りの――むこう側が透けて見えるようなパンをトーストにしないと気がすまないの。そういう風に、パンのどこにも穴をあけずに薄く切るってことが至難の技であるということは、まあいいわ、この際置いておいて――」男は微笑した。柔らかな微笑。女はそれを見ると、不意になごむような感じになって、声音を柔らげた。「こんなこと、ファースト・クラスのラウンジでする会話じゃないわね」

「ファースト・クラスを利用する人間だって埃やトーストと絶対に無縁じゃないさ。いいから続けて」

「でまあ、トーストを焼くわけ。何年も毎朝同じようにやっているから、あまり失敗はしないんだけど時には、トースターの電力がいつもより高かったりするのかしら、同じ三分でも真黒にこげてしまうことだってあるわ。卵を焼いている間に、三分が何秒か過ぎてしまうということだって。すると始まるの。『キミって女はトーストもろくに焼けないのか』って。『黒こげのトーストをこう始終喰(く)わせられていたら、ボクはそのうち胃癌で死んじまう』って。結局、人生はトーストそのものだってことにまで発展して、いつも同じ。わたしは啞然(あぜん)として、思わずトースターのコードで夫の首を締めようとおどりかかる。その前の夜はゆでじゃがいもの中に入れる塩加減のせいで、危く夫を刺し殺してやるところだったわ」

「『人生はじゃがいも』ってわけだ」男は腹をかかえて笑った。「実にドメスティックで、実におかしいけど、だけど実にリアリティーがあるね。それにあなた方夫婦っていうのは、相当激しい」

「でもこれはなんなんでしょうね。少し頭を冷やせばほんとうにくだらないことだわ。だけど人生が埃であり、トーストであり、じゃがいもであり、滞納した税金そのものであり、くさらせてしまったステーキそのものであったりする時、髪の毛の一本一本が、首筋から背中の生毛（うぶげ）の一本一本が逆立つ感じになるわ」

「一言いい？」

「どうぞ」

「多分僕の方が結婚の先輩だと思うから。やがて、人生はトーストでも埃でもじゃがいもでもなくなる時が確実にくるってことだよ。知恵じゃない、経験が僕らに教えるんだ。すると男はいちいち女に文句を言うかわりに、壁にむかって悪態をつき、女を殴るかわりにドアを力一杯たたきつける。そして女は、酒か精神安定剤か、睡眠薬か、セラピストに手を出し始める。あるいはその全部に」

「あるいはこうやってファースト・クラスの待合室で、見知らぬ他人と結婚生活の現実について、笑いながら話しあうとか」と女は親しげに言う。「あの人たち、わたしたちの方をさっきからずっと見てるけど、まさかこんな会話をしているなんて思いもよらないでしょうね」

「どんな会話をしていると思っているんだろうか？」

「あなたがわたしを口説いていると思うわ」

「だけど、それも事実だよ。忘れないで。賭は全部で三つだよ」

その時スチュワードが満面に微笑を浮かべて二人の方に近づいてくるのが女の眼にとまった。すると彼女の表情から笑いが消えた。

「ミスター・ロス？　いつもお元気そうで何よりです」

「やあ。きみも相変らずこの仕事に生きがいを感じている様子で、こちらの気分がすがすがしくなるよ」男は愛想良く応じた。スチュワードが一言二言それに答えて、やがて女の方に身をかがめた。

「マダム？」

　女はいつのまにかサングラスで眼を覆っている。「こちらのご婦人はロス様のお連れで？」

　女が黙っているので今度は男に訊いた。

「たった今からだけど、そういうことに、なるかな？」共犯者のような目配せをしてからロス氏は陽気に言った。

「お名前を、マダム？」スチュワードが乗客名簿に視線を移した。

「そこを探しても無駄よ」と女が低いが、毅然とした声で言った。「その乗客名簿には載っていませんから」

「ああビジネス・クラスの方でしたか」スチュワードが納得したふうに言った。「でしたら待合室が違いましたね」ていねいだが、言わんとすることは確実に伝わってくる。

「ちょっと待った」とロス氏が不意に口をはさんだ。

「ここで一杯飲まないかと、無理矢理に誘ったのは、僕なんだ」なんとなくその場の空気を察してさりげなく彼は嘘をついた。

「ああそうでしたか」とスチュワード。「規則はあるんですが、ロス様がそうおっしゃるのなら、出発までよろしいでしょう」

スチュワードが歩み去った。女は表情を強ばらせたまま、坐っている。少しして、男が言った。

「よく、ここへ入れましたね」

「あのアラブの連中の真中に割りこんで、連れみたいな顔をしたのよ。ノーパスだったわ」

「あなたならね、誰も疑わない」それからさりげなくつけ足した。「差し出がましいことを言うようだけど、それに失礼だったら許して頂きたいが、よかったらファースト・クラスに移って来ませんか。もちろん差額は僕が喜んで――」

女は首を振った。

「どうして？　せっかく知りあいになれたんだから、別々の席に坐るのもなんだか――」

「わたし、飛行機には乗らないのよ」

「冗談を」

「冗談じゃないの。ビジネス・クラスにもエコノミーにも」

男は驚愕を隠せない。「一体どういうことですか？」

逃避」

「だからさっき言ったでしょう？　逃避だって。埃とトーストとじゃがいもの人生からの逃避」

「ファースト・クラスのラウンジに坐っていることが？」

「色々な人が話しかけてくるわ。中にはこのまま一緒に旅行をしようって誘う人もいたわ」女はまるで他人事であるみたいに喋った。「わたしはバッグの中にいつもパスポートを入れてあるから、決心さえすれば、その人たちの誘いに乗って、マラケシでもベニスでもパリでも行けるわけだけど——ファースト・クラスの人の財力と政治力を利用すれば、たいていのことは不可能じゃないわ」

「でも、その誘惑に乗らなかった」男は呟いた。

「今までのところはね」

「どうして？」

「どうして誘惑に乗って旅に出てしまわないのかって訊いているの？　だったら、その答えはわたしにもわからないわ」彼女はまだ一度も実際に眺めたことのない風景——マラケシやカサブランカやイスタンブール、あるいはカシミールなどの空の色を想像した。

「こんなこと、いつまで続けるつもり？」男が優しく訊いた。

「日に何度も殺人衝動が起らなくなるまでよ」女は答えた。「そしてお酒か精神安定剤が、ここのかわりをしてくれるまで。あるいはもうそろそろ、ファースト・クラスのラウンジに時々出没する正体不明の女の顔が覚えられて、入口のところで断られるか、つまみ出されるまで」

女はジン・アンド・トニックの最後の一滴を飲み干した。

「今まで、何人の男があなたをこのまま海外に連れだそうとした」

「ここに来るたびに、誰かがそういうことを仄(ほの)めかしたわ」

「それじゃたいしてめずらしくもないだろうけど」と男が口ごもった。「改めてそういう申し出をしたら？」

「あなたが？」

「そう。第一寄港地、第二、第三寄港地での情事はきっと素晴しいよ」

女はサングラスごしに、探るように男の顔を見た。

「まだ賭けに負けたわけじゃないから」

「よし、じゃ確かめてくる」男が腰を浮かせた。「もしあなたが負けだったら、このまま僕と行く？」

女は遠く夢を見るような眼をした。「そうね。もし負けだったらあなたと第三寄港地まで行くわ」

男が立って行く。女は——彼がゆっくりとスチュワードのところまで歩いていく後姿を凝視する。男がスチュワードと話し始めた。二人とも笑っている。スチュワードが笑いながら首をふった。ロス氏が戻ってくる。女の胸を失望が染めあげた。彼の笑いは消えていた。悲しそうな、しかしどう隠しようもない安堵の色も見える。

女の席にくると、彼は無理矢理に微笑した。「あなたの勝ちだ。一番若い髭のない男がボスだそうだよ、石油王の御曹子だってさ」

女はうなずいた。ほとんど無表情の口元にだけ微かな微笑が滲んでいた。

「じゃ約束通り、スカーフはわたしのものね」男がコートの下からそれを外して、女の手の中に置いた。現実に賭が行使されてみると、彼が失うものが白絹のスカーフだけであったことに、男が内心ほっとしていることがわかった。

「できることなら、あなたの手にゆだねられるのがスカーフではなく僕であったなら――」それでも男は言った。

「心にもないことをいうのね」と女はひややかに笑って立ち上がった。すると男も立ち上がりながら訊いた。

「もしもだよ、あなたが賭けに負けていたら、どうするつもりだった？　本当に僕と行くつもりだった？」二人はラウンジの出入口に向って歩きだした。乗客たちが二人を眺める。

「行くわけがないじゃないの」女は嘘をついた。「そんな勇気はないわ。わたしの勇気はせいぜいお酒止まりよ」出入口で男は女の手をとり、甲に唇を押しつけた。「あなただって、それを見越してわたしを誘ったんでしょう？」

明らかに男の自尊心が傷つくのがわかる。そして彼は、いや本気だったという風に口を開きかけて、咄嗟に別のことを言った。

「もちろん、冗談だったんですよ」

「いずれにしろ、誘うふりをしてくれてありがとうミスター・ロス」女が手を引っこめながら、言った。「それからスカーフも」

そして彼女はさよならも言わずに男に背を向けた。その背を男は長いことじっとみつめた。

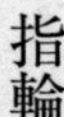

指輪

婚約者からの電話は遅れていた。

N賞の入選発表は一時にあるのだから、どんなに遅くとも二時頃までに連絡が入るはずだった。

小さな入江に面した祖母の家の縁側から、霞んだような熱気の下に横たわる静かな海面を眺めていた今日子は、溜息をついて腰を上げた。

風のない午後だったので、前庭の半分以上を覆っている巨大な松の葉陰にいても、暑さはさほど変わらない。そろそろ日射しが西日に変わろうとしている時刻だった。背後で誰かが斜めの強い日射しを避けるために、次々と海に面した部屋部屋の簾を下ろしていく手際の良い音がしていた。

もし、だめだったらと今日子は、樹齢二百年以上の老大松の幹に背をもたせながら、次第に悲観的になっていく思いを一人でもてあまし始めていた。

グラフィックデザイン界の登竜門ともいえるN賞に入選できたら、俺たち結婚しようと渉はこの一年間ずっとそのことを言い続けてきた。

もしN賞に入らなかったらどうするの、また一年待つのかと、今日子は写植文字を深刻な表情で貼りこんでいる恋人の傍で、相手の負担に聞こえないような言い方でたった一度だけ訊いたことがあった。

渉はその問いにはすぐに答えず、レコードジャケットの白い面に、息をつめるようにして《クープラン》という文字を置き、《オルガン曲・二つのミサ曲からなるオルガン小曲集》という一節を、鋭利なカッターの刃先で切りとると、それも貼りつけた。

器用な人特有の、指先が平たいへらのように見える手だった。その手は一瞬も無駄な動作をすることなく、仕事をてきぱきと進めていた。その左手の薬指に、平打ちの銀の指輪がはめられていた。

本来は結婚指輪として使用されるものらしかったが、ただシンプルで美しいという理由で、対で求めたものだった。

一年前のある夕方、待ち合わせていたデパートの入口を入ったすぐのところに、アクセサリー売場があった。渉が遅れて来るのを待つ間、今日子が時間つぶしにショーケースの中を覗いていた。渉が来て、何を見ているんだ、と言いながら、銀の平打ちの指輪に眼を止めた。

「婚約しようか」

だしぬけにそう訊いた。

「うん、いいわ」同じような唐突な感じで、今日子も同意した。

渉がジーンズの尻のポケットから無造作に千円札を何枚か引き抜いて、指輪を二つ買った。両方で五千円出していくらかお釣りが来た。

ほんの出来心、遊び心で始まったことだった。好きあっていることを隠すこともなかったので、仲間と酒を飲む席などで渉は、婚約を口にして、おめでとうと無理矢理に仲間たちに言わせて面白がっていた。二人の婚約は、双方の親、親類をのぞいては周知の事実となった。

銀の平打ちの指輪は、初めのうちキラキラしすぎて指になじまなかった。常に異和感があり、その小さな存在が気になった。

はれがましいような、面はゆいような、うれしいような感情に、ちょっぴり諦めの気持なども混った。

単なる友達の一人だった若者が、いきなり婚約しようと言って買った指輪のために、今日子の人生がきまってしまったことに、彼女は途惑いを覚えていた。

しかし彼も遊びで、彼女も遊びで始まったことだったが、薬指の上の銀色が日と共に少しずつくすんだ色合いになっていく過程で、気持の方も固まっていった。

指輪がすっかり指になじみ、時としてそこに金属の輪がはまっているということすら忘れていることがあるようになると、周囲の者たちが、二人は本当に結婚するのかいと言いだし、するとしたら何時頃の話なんだと質したりした。

したい時が年貢の納め時さ、と軽く笑い流す渉の傍で、今日子も、そうよ、そうよとうなずいて来た。そんな時半ば人ごとのようでもあり、半ば何かにすがりつきたいほど幸福だった。彼を信じていた。

そのうち渉がN賞に出品するんだと言いだした。「俺はこの賞に賭ける」そう言った渉の表情をみていた時、初めて今日子の胸に一抹の不安が湧いた。

結婚の時期が気になりだしたのは、その頃からだった。

西日が射し始めると、入江に面した前庭から日陰がなくなった。

頭上を重く覆っている松の葉の匂いが一段と濃くなり、それに夕暮れ時特有の潮の香りが混じった。

西の日を受けて海が銀盤のように輝いて見えていた。裏の夏みかんの林で、突然蟬が申し合わせでもしたかのようにいっせいに鳴き始めた。

しんとした、動くものの何ひとつない海辺の光景の中で耳にする蟬の鳴き声は、かえってあたりの静けさを強調していた。

いい知らせなら、もっと早く電話がかかってくるはずなのだ、と今日子はようやく現実的に事態をうけとりはじめた。

知らせが遅れているということは、N賞の入選を逸したからに違いない。渉のことだから、入れば一時だって無駄にせず、笑いをこらえきれない子供のような表情で、あちこちに電話をしまくるだろう。

「どっちになるかわからないけど、明日の夜はおまえと酒盛りだ」と、昨夜遅く、酔いを含んだ声で渉が電話をして来た。「入っても入らなくとも、そっちへ行くよ。そしたら二人で夜の海を眺めながら、酒を飲もう」

「入選するわよ、絶対。バロック音楽と、あなたのレコードジャケットのデザインの感じ、よくあってるもの」

「いずれにしろ、俺は全力を投球したからな。入るはいらないは、もうどうでもいい」口ではそう言いながら、期待と不安とがどうしようもなく滲(にじ)みでた声で婚約者は言った。「入選しなけりゃ、奴(やつ)らは才能をひとつ見落したってことだよ。損をするのは俺じゃない、奴らの側だ。やるだけのことをやったんだから——」そしてせっぱつまった声で唐突にこうつけたした。「今日子、結婚しよう。入っても入らなくても、俺たちはすぐ一緒になろう」

今日子は、母屋の廊下の突きあたりにある電話の前で、指にはまった銀製の指輪をみつめながらその声を聞いていた。

「何か言うことはないのか」と相手が言っていた。

「あるわ、たくさん。——でも明日の夜まで、とっておく」

会社に辞表を出したり、部屋をみつけたりしなければならないことや、双方の親に、二人が結婚することを告げる大仕事についての相談が山ほどあった。

「明日の夜か」と電話機の中で渉がうめいた。「長いな。明日の夜なんて、くるのかな」

「眠ってしまえば、眼が覚めるのはどうせ昼頃でしょう。あっというまに時間がたつわ」

「眠れればな。おまえに逢いたい。おまえを抱きたい。なんでこんな時に会社休んで海へなんか行っちまったんだ」

「あなたが一人で仕事に没頭したがっていたからよ。あたしが近くでうろうろしていると足手まといになると感じたから」

「悪かったな。しかしそれも終った。何もかも出しきっちまって、すかーんと虚ろだ。今日子、海が見えるか」

「ええ。黒い海面に、堤防の裸電気がいくつも長い尾をひいて、ゆらゆら揺れている」

「うん、そいつが、俺にも見える。おまえの眼で見ているものが、俺にはそのまま見える。明日の夜、逢おう。明日の夜、俺たちは結婚する。いいね」

そして、渉の電話はこちらがさよならを言う前に切れた。

今日子は、だしぬけに幸福の絶頂にいる自分を見いだしてうろたえた。気持を落ちつけるために、指輪を外してスカートの裾で磨き始めた。自分がこの瞬間を待ち望んでいたことが、はっきりとわかった。

結婚なんて形式にすぎないとか、したい時が年貢の納め時だとか、口では渉に合わせてどうでもいいようなことを言ってきたが、あれはポーズだった。自分は結婚が、喉（のど）から手が出るくらい、したかった。

しかし、黙っていてよかった。そんな素振りをほとんど見せないで来て良かった。渉は押しつけがましい女は嫌いだから。

「おばあさま、明日お客さまが来ますから」と、今日子は蚊屋の中でウチワを使っている祖母にそっと話しかけた。

「男衆かね」と、骨ばった手の動きを止めて今日子の祖母が訊き返した。

「そうよ。結婚するのよ、そのひとと」

「それで今日子をお迎えに？　白馬に乗った騎士のような男衆だねえ」

祖母がそう言って笑った。入歯がはずして枕（まくら）元に置いてあった。歯がない口元は、笑うと暗い小さな洞窟（どうくつ）に見えた。

「東京からお見えか」ウチワの動きを再開しながら祖母が再び訊いた。暗緑色の蚊屋は深い海底を思わせた。あるかなきかの夜風のせいで、蚊屋が揺れると、いよいよ海流のうねりのように今日子の眼に映った。

　暗緑色の海の底で老婆は、ほとんど骨の原形そのものの姿で、静かに横たわっていた。

「東の方角から男衆が来るのは、よくないねえ」ぽつりと祖母が言った。

「どうして」あけ放ってある障子から、夜の海が一枚の黒い布のように見えていた。

「方角が悪いからねえ」

「またおばあさまの迷信が始まった。私は信じませんから」

「私が言うんじゃないよ。日蓮(にちれん)様のお告げなんだよ。こないだもね、日蓮様がイルカの大群がマナイタ岩の沖を通るってお告げ下さったから、漁網を前の日に回収して、大損害をまぬがれたの」

「その話は何度も聞いたわ」

今日子は磨き終えた指輪を元の指に戻しながら言った。

「そしておばあさまの霊感も信じるわ。だけど、彼はね、悪い知らせをもって来るわけじゃないの。私と結婚するために来るのよ」

今日子は、蚊屋の中に手を差し入れてやさしく祖母の脹脛(ふくらはぎ)をさすった。

老女の足は、ひんやりとしていた。骨をわずかにおおっている薄い皮膚は、妙にすべすべしていた。そのすべやかな染みの浮いている薄い皮膚のすぐ裏側にある骨の感触が、今日子の指先に直(じ)かに伝わってきた。祖母の骨そのものも、冷たいのだった。

哀(いと)れさや愛しさがつのると同時に、老いというものに対する本能的な嫌悪や怯(おび)えの感情が入り混った。彼女は夏掛けを祖母の腰までひきあげると、そっと蚊屋から離れた。

隣室に引きとった後も、祖母の使うウチワの音が長いことしていた。

西日の照り返しが激しさを増している。ほとんど猛々しいほどの光りの風景だった。眼にしみるほどの酷熱の気配が、入江全体を支配していた。汗がたえず流れ落ち、着ている薄地の衣類さえ、重く感じられるのだった。耳なりのように頭の奥でうなりつづけていたものが、実は裏庭から山に続く夏みかんの林の中で合唱している蟬の声だと気づいた瞬間、その蟬の鳴き声の中に電話の呼びだし音が混った。

今日子は胸を抱きしめるようにして母屋へ駈けこんでいった。電話の前で、一呼吸置いた。落選だった場合の慰めの言葉を、何ひとつ用意していなかった。深呼吸をしておいて、受話器を耳に押しあてた。

「俺だ」といきなり渉の声が言った。「遅くなってごめんよ。入選した」声に笑いと、興奮が感じられた。「それも特選だよ。今日子、俺、いきなり特選だよ」

相手の興奮が電話を伝って今日子にも感染した。彼女は立っていることが出来ず、壁に背をもたせて、床に腰を落してしまった。何も言えなかった。渉が何か上ずり気味の声でしきりに喋りつづけていたが、彼女はきらめく銀色の海面だけを見ていた。

「もしもし——おまえ、まだそこにいるの?」

あまり長いこと黙っていたので、渉が不審に思ったのか電話の中から訊いた。

「もちろんよ。おめでとう、渉。とってもうれしいわ」

これで何の障害もなくなったと思った。昨夜は、N展への搬入を果した興奮であんな風に言っていたが、やっぱり入選を逸していたら、結婚の話はスムーズに運びはしないだろう。

「今夜、来るんでしょう？　待っているわ。何時頃になる？」

不意に相手が沈黙した。それまで喋り続けていた渉が、受話器を握ったまま急に真顔になる様子が、今日子には見えるような気がした。

「どうしたの？」不安感がつのった。

「――特選になるなんて、想像もしなかったからな」渉が再び喋った。声からは熱気のようなものが引いていた。「周りの連中が新宿へ俺を引っぱり出したがってるんだ」

「でも、約束したじゃないの。二人でお酒を飲むって。酒盛りをするって」

またしても沈黙。先刻より長い間をおいて、渉が言った。

「そうだったよな。酒盛りの約束したよな、俺」興奮の消え失せた声。「わかった。行くよ。少し遅くなるかもしれないけど、必ず行く」

それで電話が切れた。必ず行くといった渉の声音が耳に残った。

渉が特選をとった――。踊り上りたい気持の底に、チカリと冷たいものが光った。うれしいはずなのに、手放しで喜べない自分がもどかしかった。

はれがましさの絶頂にいる恋人が遠かった。電話で先刻上ずった声で喋りつづけていた渉の言葉がだしぬけによみがえる。――これで俺も今のデザイン事務所とはおさらばできる、もうサラリーマンじゃないぞ、フリーでやるんだ、N賞の特選なら、デザイン料は倍に上がる。フリーでもやっていける――。

太陽に赤味が加わるにつれて、海上に風が吹きだした。

海の上を一陣、また一陣と柔らかい風が掠めるようにして、いくぶん冷えた潮の香りを運んでくる。

最初の風の一陣が裏庭に吹きこむと、蝉たちがいっせいにピタリと鳴き止んだ。

堤防の沖合いから、一日の漁を終えた漁船が三隻軽やかなエンジンの微かな響きを伝えてくる。

漁船はその日の獲物を、入江の一番奥にある浜に荷上げする。

女房たちが大盥のような竿のついた桶をいくつも並べて待ちうけている。入りきらなかった魚やこぼれた小魚、雑魚を、老婆や子供たちが集めて金盥に入れて持ち帰るために集ってくる。今日子も西日が沈み始める頃になると、祖母の使いで金盥を手に浜へ行く。小鯵の生きのいいのがもらえれば、今夜は渉のためにタタキが作れる。

今日子は台所から、アルミニウムの年代物の金盥をとって来て浜へむかった。漁船は前後して堤防の中へポンポンと小気味の良い音をたてながら入ってくるところだった。

渉が到着したのは夜の十時を少し回った時だった。待ちかねた今日子の眼に真先に映ったのは、手にしたサントリーの黒いウイスキーの瓶だった。瓶の中の液体が渉の胸のあたりでちゃぷちゃぷと音をたてていた。

「飲みながら来たんでしょう」

今日子は黒いボトルから婚約者の顔に視線を戻しながら言った。渉の顎のあたりに、うっすらと無精髭がのびていた。

そのせいか顔全体に影のようなものが漂い、渉はいつもよりひきしまった表情をしていた。

「最終のバスの中でね、一番後の坐席で飲んでいた。しかしバスが揺れるんでこぼれちまう方が多かった」

祖母は蚊屋の中だったので、前庭の松の下に出しておいた竹のベンチへ渉を案内した。

「腹空いてないんだ。つまみもいらない」渉がベンチの端に、何か大切なものであるかのように黒いボトルを置きながら言った。今日子はうなずいて、用意してあった二つのグラスに砕氷を入れた。そこへ渉がウイスキーを注ぎ入れた。

「乾杯」と彼がグラスを上げた。

「おめでとう。N賞の特選」今日子がそのグラスに自分のを軽く触れさせながら言った。

「うれしいことが二つ重なるわね、これで」

「二つ？」グラスの陰から渉が訊き返した。

「私たち、結婚するんでしょう？　すぐに」

「ああ、そのことか――」

渉がそう言ってグラスの中味を一気に喉へ流しこんだ。そしてそれが彼の癖なのだが、酷(ひど)く顔をしかめてそれを飲みこんだ。

「仕事どうしようかと思って――」実際には止める決意が固まっていたが、そんな風に今日子は甘えた感じで言った。

「どうするって？」二杯目のウイスキーをグラスへ注ぎ入れながら渉が訊き返した。

「先のことは又どうするかわからないけど、さしあたっては止めようかなって考えているの――色々準備もあるし」

渉の動作が一瞬止まる。その横顔に、苦痛としか言えないようなある表情が表れ、そのために彼は別人のように見えた。

「何も仕事、止めなくてもいいんじゃないか」

再び動作を再開しながら、少し掠(かす)れたような感じの声で渉が言った。「急に何かがひどく変わるってわけでもないんだしさ」

「それはそうだけど」

と、夜の海からの潮風を顔にうけながら、今日子は恋人の横顔に瞳(ひとみ)をこらした。家からこぼれ出ている蛍光灯の光りの先端が、蒼白(あおじろ)い輪郭を浮かび上がらせていた。彼は頬(ほお)の汗をむやみにぬぐい、たてつづけにグラスをあおった。

「おばあさまに、私たちのこと話したのよ」今日子は声の調子を半音ほど意識して上げた。

「そう――。何て言ってた？」黒い動かない海を渉は眼をすぼめて見ていた。

「白い馬に乗って来る騎士みたいだって」

「白い馬のかわりに、ウイスキーのボトル抱えて来た」渉が苦笑する。「おまえの婆さま、腰ぬかすかな」

「それくらいじゃ驚かない。おじいさまって人が一升酒飲む人で、それも朝漁に行く時一升瓶を必ず積みこむと、夕方には空にして戻って来たそうよ」

渉は骨ばった肩のあたりを揺すりながら今日子の話に耳を傾けていた。

「俺たちのことだけど――」

今日子が祖父のことを喋り終えると、唐突に渉が言った。その声の調子に、今日子ははっとして彼をみつめた。何か恐ろしいことが、彼の口をついて言われようとしているさしせまった予感があった。

「明日、帰る？」何かすぐにでも別のことを言わなければならなかった。

「そうね、昼頃までにはここを出たい」

「じゃ、私も一緒に帰ろうかしら」

「どうして。せっかく休みをとったんだから、きみはここにいたらいい」

「一人でいてもつまらないもの」

渉は酔が回ったのか頭を深く両膝の上にたれ、長いことじっとしていた。

「それにすることが色々あるから。不動産屋にあたったり――」

渉の指は、彼の薬指の指輪を撫でていた。完全に無意識の仕種だった。

「私の両親にも逢ってもらわないと――。ねえ、逢ってくれるでしょう?」

両膝の上に低く垂れていた頭が上がった。

「堤防の方まで、少し歩こうか」だしぬけに渉がそう言い、同じような唐突さで立ち上った。今日子もつられて慌てて立った。

黒光りする海面のところどころに、青白い燐光が散っていた。

「夜光虫だ」と渉が呟いた。それきり二人は長いこと押し黙っていた。

みつめていると、黒い波間の燐光の数が増えていった。眼がそのあたりの暗さになれるに従って、夜光虫の数が増した。

今日子は渉の息遣いを聞いていた。二人は堤防の突端に並んで膝を抱いて坐っていた。

渉からは汗の匂いもしていた。時々呼吸が不規則になって、息をつめるような気配もした。

彼が何か言いたくて、言いだしかねているのが、今日子にはわかるのだった。

「この堤防の先の深さ、知っている?」

今日子が沖へむかって十メートルほどの位置に視線をあてながら静かに言った。「あのあたり」

涉が顔をあげ、暗い海上へ視線を泳がせた。

「深いのか」

「とても深いわ。ドロップ・オフになっていて、いきなりすとーんと地殻が陥没しているの」

「どれくらいあるんだろう」涉が興味を抱く。

「多分二千メートル」

「いきなり二千メートル落ちこむのか」

「そうよ。泳いでいるとわかるわ。あのあたりは三メートルから深くて五メートルだから。いきなり水の色が変わるのよ。水温も」

「怖くないのか」

「身体の下に二千メートルの奈落があると意識したら、もういけないわね、パニックになっちゃうもの。水の色、黒いのよ」

涉の眼がそのあたりの海上に釘づけになる。

「結婚、したくないんでしょう、本当は」

自分の耳にも他人のように響く声で、今日子が不意に言った。涉の躰が一瞬固くなる。

「そのこと、言いだしかねていたんでしょう？」

「分かってたのか？」低い聞きとれないような声で渉が言った。

「昨夜、なんとなくそんな予感がした」

「しかし、昨夜は酔っていたが、俺、本気だったんだ。N賞入っても入らなくても、おまえと一緒になるつもりだった。一緒になりたかった」

「そうじゃないのよ。一緒に居たかっただけよ。心が騒いで、不安で、何かを待っていたから、一人でいたくなかったのよ」

「長いこと、きみを待たせたから――」渉がうなだれた。

「あなたはこの一年ずっと心が騒いでいて、不安で、何かを待っていたわ。そしてその何かを今日手に入れたのよ。そのとたん、一人でいることが淋しくなくなった。――そういうことじゃないかしら」

今日子は指輪をみつめた。

「約束は守るよ。いずれきみとは一緒になるつもりだ。――ただ、今すぐにではなく」

今日子は水平線を探そうとそのあたりに視線を這わせた。しかし暗くて、海と空との間に境目はみえなかった。

「約束なんてしないほうがいいんじゃないかなあ」溜息のように今日子が言った。

「そういう気分になった時、プロポーズしてみてよ」

渉の肩から力がぬけるのが、隣にいて今日子には感じられた。

「ねえ、渉、——この指輪、外してもいいかしら」

渉はいいとも悪いとも言いだしかねていた。

今日子はゆっくりと平打ちの銀の指輪を指から外した。それから立ち上ると、十メートル先の海面にむかってそれを投げた。

投げた後、息を殺してそのあたりを凝視したが、小さな水しぶきも、指輪の落ちる音もしなかった。

暗い海は、音もなく今日子の指輪を呑みこんで、表情ひとつ変えないのだった。

渉も同じように立ち上った。かなり苦労して指から指輪を引きぬくと、大きく手を振り上げた。

銀の指輪は、海の中というよりは暗い夏の夜空に呑みこまれたような感じで、唐突に姿を消した。

翌朝、渉は東京へ帰って行った。

別れ際、指輪のない指をしきりに気にしていた。

「なんだか変な感じだ。妙に不安だ」

「大丈夫よ。すぐになれるわよ」

指輪をはめた最初の数日の異和感を思いだしながら今日子が笑った。渉もその感じを思いだしたのか、

「しめつけられる感じも抵抗があったけど、何にもなくなっちゃうってのも、とりとめもないからな」と言って、束(つか)の間、不安な眼をした。

バスの窓から今日子を見おろしている顔にも、まだその不安気な表情が残っていた。

バスが動きだし渉の顔が少しずつ小さく遠ざかっていった。

今日子は、二つの黒い眼が、いつまでも自分に注がれているのを見送っていた。

バス停から戻ると、祖母が冷たい麦茶を縁側に置きながら今日子を迎えた。

「男前(おとこまえ)さまだったことねえ」祖母はそう言って朝の入江を眺めた。

「おばあさまの霊感、あたったみたいよ」泣きださずにいられることが不思議な気持だった。

今日子は昨夜投げ捨てた指輪が沈んでいるあたりの海上を眺めた。自分たちが年を取り死んでしまった後も、あの二つの平打ちの銀の指輪は海底に転がっているのだろうと思うと、いたたまれないような気持になった。

裏庭では、早々に蟬たちの合唱が始まっていた。蟬の声をきくと、自然に汗が滲み出た。暑い日になるだろうと、今日子は思った。

女たち

誰からともなく誘いあって、女たちが四、五人顔をあわせる。霞町の小さなフランス料理屋で胸腺肉の煮こみを口に運んでいることもあれば、今は名前が変ってしまったが以前のヒルトンホテルの欅レストランで、犢のレバーソティーを前に相好を崩していることもある。冬の季節には、新宿の勇駒でフグを突っついている。要するに喰いしんぼうの集りなのである。

働いている女もいるが、亭主に食べさせてもらっている女もいる。離婚して、莫大とは言えないまでも夫からもらった慰謝料を少しずつ喰いつぶしている女もいる。

その夜は、言い出しっぺのサクラが、彼女の麻布のマンションのリビングルームで一杯飲みましょうよ、と仲間に招集をかけたのだった。

四月の中旬、ふらりと思いたって、彼女が京都の円山公園の夜桜を見に行ったことがあった。その時骨董屋で買った伊万里の杯を急に仲間に披露したい気分になったらしい。杯はひとつひとつ模様も年代も作者も違うのだとサクラは電話でエマに言った。

「いいわね」とエマは答えた。わずかに消極的な口調。「だけどちょっと急ね、いきなり今夜だなんて」

「一段落つけたらいらっしゃい。八時でも九時でもこっちはかまわないんだから。——ご亭主、どうせ帰り遅いんでしょう？」

「うん、まぁね」

そう言ってエマは溜息をついた。何をしているのか知らないけれど。

何をしているのか正確には知らないが、察しはつく。ひどく酔って帰るわりには、酒の臭いがしなかったり、あたりさわりのない、どうということのない科白を、自分の方から二つ三つ妻に言うような時、そのあたりさわりのなさ、そのさり気なさゆえに、かえって妻の疑惑を誘うような何かが露呈してしまったりするからだ。

エマの胸は猜疑心で黒ずむが、推量で物を言ったところで一笑されるか、女房妬くほど亭主もてもせずとか何とかごまかされるか、もしかしたらいきなり怒りだすかもしれないと、とめどもなく考え、結局、何の手も打たずに成り行きを見守るというふうな具合に今のところはなっている。

しかし本音のところは、エマは怯えているのだった。女でもいるのじゃないの、と仄めかした時、夫が一笑にふしもせず、否定もしなかったら、と想像すると口の中で舌が喉の方へとめくれ上っていくような感覚になるのだった。

色々と考え惑ううちに、十年近く一緒に暮らし、今ではしばしばとは言えないまでも世の平均的な——とエマはちょっと諦めに似た感じの吐息をつきながら思った——回数の性生活があり――男の子がひとりいるにもかかわらず、自分は夫のヒサオについて多くを知らないのではないか、という結論に達した。

たとえば、女がいるんじゃないの？　という問いかけに対して、ヒサオがどういう出方をするかということからして、エマにはまるきり予想ができないということも、その証拠だと思った。

自分の収入を持たない女が、蜂の巣を突っつけば、刺されるのは本人ということに相場はきまっている。

「いいわ、行くわ。息子の食事をさせてしまったらそっちへ向う。八時半頃になると思うけど」

息子のオサムが中学受験のための勉強で部屋に引きこもってしまえば、エマはどうせ一人だ。一人でいればろくなことにはならない。頭のシンが痛くなるほど、夫と想像上の女のことを考えて、口の中を苦酸っぱくさせるのが落ちなのだ。女に顔がないというのが切実に苛立たしい。どこの誰とわかっていた方が、まだましだ。京都へ四月に一泊の出張があった時、仕事と言ったが、不倫の匂いが確かにした。どんな相手が夫と同行したのかと、エマはその夜ねむれなかった。嫉妬や自己憐憫や、不安などに引導を渡してしまうよりは、サクラのところで女たちと喋り美味しいものを肴に一杯飲むほうが、それははるかに利巧なやり方だった。女たちが職場や旅先や男たちとの交流から持ち寄るホヤホヤの情報や報告に耳をかたむけるのは、いつだってとても楽しいわけなのだから。そう言えばサクラも四月に夜桜を見に京都に行ったと言ったっけ、今の電話で。

夫の帰りはどうせ又ひどく遅いだろうから、エマの方が先に戻ることになるだろうが、それでもメモにサクラのところにいますということを残した。

夫はサクラが好きではないから——そうはっきり自分の口から言うのを聞いたし、現に彼女からの電話をたまたま取ったりすると、挨拶もろくにせず、いきなり受話器を突きだし「君にだ」とつっけんどんに言う。そういう時にはサクラにきまっていた。

「誰？」と仮りに訊ねたりすると、

「食いどうらくの遊び女」と、さも軽蔑したような口調で言う。

「サクラのどこが気に喰わないのよ？」と前に質問したことがあったが、戻ってきた答えはけんもほろろ。

「何もかもさ。結婚もせず仕事もしないなんていう女は気色が悪いのさ。親の金でチャラチャラ宝石を買うような女は、可愛気がない。第一あのチリチリしたスズメの巣みたいな髪が気にくわんよ、俺は」そう一気に言ったのだった。

何もあなたがサクラを可愛いと思わなくとも、可愛いと思う男は現実に何人もいるわけだから、とエマにしては珍しく夫に反論したことがあった。

エマは、オサムの夕食を作りながら、そういうことを考えていた。それから、色々あるが、結婚を十年も続けている家庭は、どこも似たようなものだろうと、自分に言いきかせた。人と似たようなことをやっている分には、どこか安心感があった。

ひんぱんというわけにはとてもいかないが、月に二度や三度、妻が女の友だちと出かけて遅く帰るのを許されるだけでも、ラッキーなほうなのではないだろうか。そりゃ嫌味や皮肉を言われるにしてもだ。

むしろ嫌味や皮肉も言わなくなったらその方が問題だ。妻がどうしようとかまわないという徴候だからだ。いつのまにかエマは先刻まで覚えていた憂鬱（ゆううつ）な気持を忘れかけていた。

エマが遅くなったと渋谷からバスではなくタクシーを飛ばして駈（か）けつけたのにもかかわらず、彼女が一番乗りだった。

雑誌の編集をやっているスミヨは、原稿取りがスムーズにいかず一時間程遅れるというし、ケイは飼猫の〝ネコタン〟が夕方の散歩から戻っていないので、出るに出られないのだと、電話があったばかりだと言う。

「そりゃあなた、盛りのついた雄猫を夕方のお散歩になんて出してしまえば、お帰りはいつになるかわからないわよねぇ」

サクラは酒の肴の貝割れの葉っぱを古伊万里の鉢にこんもりと盛りつけながら、そう言って笑った。エマはその言葉からなんとなく夫のことを連想して、そうよね、と少し沈んだ声で相づちを打った。

「大体、離婚した女って、どういうわけか猫飼ってるわね」サクラは猫が嫌いなのだ。

「ネコタンとかボクチャンとかジミータンとか呼んじゃって。ああ気持悪い」

かといってケイが嫌いなのではない。嫌いなのはあくまでも猫なのだ。

「あの人、別れる相手まちがったのよ、亭主とじゃなくて猫と別れるべきだったのよ」

「だけどサクラ、猫と別れたって一銭にもならないわよ」

「あら、少なくとも次の相手がみつかりやすいと思うわ。子連れならともかく猫連れの女なんて、気色悪くて誰が再婚してくれるものですか」

そんな憎まれ口をきいていると、一時間遅れるはずのスミヨが案外と早く着いて、靴を脱ぐなりトイレに飛びこみ、用を足すと、「お腹が空いて死にそう」と断りもなくテーブルに並んだサクラの手料理をぱくつきはじめる。

「色気がないわねぇ」サクラが顔をしかめた。

「いいの、当分色気は」

「当分って？」

「九か月。正確にはあと七か月」けろりとしてスミヨが答えた。

「えっ、出来たの？」サクラがスミヨの腹部を無遠慮に眺めながら訊いた。「誰、父親は？」

スミヨはゆっくりと貝割れのサラダをそしゃくし終ると、ある有名な作家の名を言った。卑下するふうでも、かと言って自慢気でもない、淡々とした声の調子だった。

「生むの？」とエマは思わず言ってしまってから、後悔した。答えを聞くまでもなくスミヨから漂っている感じは、当然生むつもり、なのだった。

「今生んどかないと、いよいよむずかしくなるから、色々な意味で」スミヨは自分に言いきかせるように言う。

こういう女が、私たち普通の主婦の敵なんだわ、とエマは心の中で思った。そしてそうひそかに思ったことを女友だちの手前、内心後(うしろ)めたくも感じた。

エマが後めたい思いを抱いたまさにその時、ドアのチャイムがピンポンと鳴ってケイが顔を出した。

「猫殿は無事ご帰還遊ばされたわけ？」サクラがそう言って迎えた。

ケイが顔を曇らせて首を振る。「不良なのよ、あの子」ケイはぞろりとしたロングスカートに、フリルっぽいブラウス。それにレースの大きなショルダーで肩をおおっている。アメリカのテキサスあたりの中年女がよくかけているような感じの装飾過剰の眼鏡(めがね)のせいで、ますますエキセントリックな印象を強めているのだ。もし猫好きの離婚女のパターンがあるとしたら、まさにケイがその完璧(かんぺき)な見本だと、前にスミヨが悪口を言ったことがある。

「じゃ猫殿は罰で今夜閉めだされたわけね」サクラが訊いた。

「とんでもない。閉めだすなんて。ちゃんと窓あけてきたわ。不用心だけど、ネコタン閉めだすよりはいいと思って」

「ネコタン閉めだすよりはいいって、あなたヒスイだとかダイヤだとか、シャガールの絵だとか、ミンクのコートごっそり盗(と)られるより、猫を閉めだしておく方が、いいんじゃないの？」とスミヨ。

「シャガールは複製よ」ケイは笑った。「でなければ元亭主が手放すものですか」

「猫の話、もうおわり！」サクラが一同に命じた。「せっかくのお酒が不味(まず)くなるから」

女たちがテーブルをかこみ、好きな色や型を選んで杯に酒が注(つ)がれる。

「で、予定日はいつ？」とサクラがスミヨに訊いた。

「わからない。まだお医者さまのところへ行ってないもの」

「のんきねぇ」

「嫌なのよね、なんとなく。あの白い布切れがお腹のあたりにひらひらしている所が」

「うん、あれは最低」

「でしょう？　なんであんなものあるんだろう？」

「医者が鼻の下長くして女のあそこをのぞきこんでいる顔、見られたくないからじゃないの」

　スミヨとサクラが女漫才師のような会話を早いテンポで続ける。

「何の話？」ケイが二人の軽妙なやりとりに半拍遅れたような感じで質問をはさむ。

「スミヨが妊娠したって話」エマが囁く。

「スミヨが、妊娠したの？」ケイがゆっくりとそのことの意味を脳へ送りこんでいる間にスミヨが言う。

「ねぇ、サクラ、一緒に行ってくれる？」

「時間があればね」

「嫌とは言わせないわよ」スミヨがサクラに意味ありげな視線を投げておいて、杯を干す。

「あなたの時、私がついて行ってあげたんだから」スミヨはそう言ってしまってから、自分が口を滑らせたことに気がついて、一瞬顔をしかめた。「ごめん」

「もう時効よ、いいわよ」サクラはちょっと開き直ったような感じで言った。それから聞かれもしないのに、

「私がミスっちゃった時に、手術にスミヨがつき添ってくれたのよ」と自分からケイとエマに説明した。いつ頃のことだろうか、とエマは案じたが、口に出して質問することはひかえて、

「色々あるのね、あなたたち」と言う程度に止めた。

　しかし、ケイはそれほど簡単に事態を受けとめなかった。

「ちょっと待ってよ、あなたたち」と彼女は両手で制する仕種をした。「もう一度始めから、ちゃんと筋道たてて私にわかるように話してよ」

　短気なサクラが鼻白んで言った。

「要するに、スミヨが赤ちゃん生むっていう話なのよ。おめでた」

「それにしても、何が嫌かって、あの白い布切れに上半身と下半身を二分される気持よね」、スミヨがもう一度言った。「あれは実に不愉快よ。私はね、自分の下半身覗きこんでいる医者の顔を、しっかりとこの眼で見たいのよね。それが人間的な信頼ってものじゃないの」

「そうよね、白い布切れにさえぎられたむこう側で、誰がどんな顔をしているのかまるきりわからず、いきなり指突っこまれたり、機械を入れられたりするなんて、女の躰を何だと思ってるんだろうと言いたいわ」サクラも、何やら思い出す気配で、急に憤然と口調を合わせた。

「私は主人の仕事の関係でアメリカにいる頃子供を生んだから」とエマが会話に口をはさんだ。「日本のことはよく知らないけど、あっちの病院では、そんな白い布なんてなかった」

「そうでしょ?」スミヨが大きくうなずいた。「もっと人間的よね。応対が」

「うん。個室に入って行くとまず〝今日は顔の色がとてもいいね〟とか〝そのマタニティーよく似合う〟とかそんな事言って気持をほぐして下さったわ」

「躰診る時も、その部屋で？」

「そうよ、先生の顔が見えるわ」

「いい男だったりすると、感じたりしてね」サクラがからかう。

「それがいい男だったの」とエマ。

「じゃ感じたんだ」

「だって看護婦がいるもの」

「見張ってるわけね」

「というより、彼女たちは証人なのよ」とエマが言う。「医者がよからぬことをしませんでした、私がその証人ですっていうだけの存在」

「あっ、わかった。アメリカって国は何かというと弁護士のところへ駈けこむ女が多いからだ」スミヨが納得した感じで何度もうなずいた。

「アメリカ女っていうのは、被害妄想狂だからね。医者も下手にいじったり触れたりできない。気をつかうわけよ」サクラが声をたてて笑う。

サクラは笑い顔のいい女だと、だしぬけにエマは感じて、ちょっと見惚れた。笑い皺が眼尻に出て、どこか肉感的な感じになる。彼女をそんな風に眺めたことはなかったが、男の眼から見ればいい女の部類に入るかもしれない。

「何よ？　私の顔に何かついてる？」サクラがエマに言った。

「ううん、そうじゃない」エマは慌てて言いわけした。「サクラって思ってたより素敵な女だと、今晩つくづくわかったのよ」わかったのよ、と自分で言った直後に、エマの胸に唐突な疑惑が湧いた。――なぜ夫は、サクラのチリチリ髪のことを知っているのだろう？逢ってもいないのに。少なくとも彼女がヘアスタイルをそんなふうに変えたのは四月に入ってからだった。胸が刺されでもしたかのようにチクリと痛んだ。四月。京都。

「思ってたよりね」まんざらでもなさそうにサクラがニヤリと笑った。「そりゃ私はね、エマ、あなたのように素材から美しい女とは違うから――あなたなんてお化粧しなくたってそのままで充分観賞に耐えるじゃない――それは努力するのでございます」エマは苦笑して頭をふった。つい今しがたの疑惑が黒い染みのように、そこに残った。

「もう涙ぐましいものよね、それは」スミヨが横からチャチャを入れた。

「ねぇ、あなたたち」とそれまで黙っていたケイが口をはさんだ。「私どうやらのみこめたんだけど――」

「ようやく！」サクラが笑いだす。ケイはそれを無視した。

「スミヨに訊きたいのよね。子供生むっていうけど、それどういうつもり？」全体の印象もそうだけど言い方もねっとりとした感じ。「私、そういうの人ごととして聞けないのよ」

　それまで活気のあった雰囲気が急に白けたように沈みこむ。

「わかるわ。ケイの気持」スミヨが早めにカブトを脱いでしまう。

「そう？　そんな簡単にわかってもらっちゃ困るわ」ケイは皮肉な口調で切り返す。

「だけどね、何もスミヨにあたることないと思うのよ」サクラはスミヨの肩をもった。

「あなたの元亭主の愛人に子供ができたから、あなたが妻の座を奪われたってことと、今のスミヨとは全然別のことじゃない？」

「ずいぶん、はっきりというのね」ケイが憮然とする。

「だってはっきり言わないと、こっちの言わんとするところをくみとるのに、あなた半日もかかるんだもの」サクラとケイは相性が悪いのだ。それもケイ本人ではなく猫のせいだと、サクラは信じて疑わない。もしケイが猫など捨てると宣言して実行すれば、もう少しやさしくしてあげられるのに、と常日頃思っているのだった。

「あなたが、誰の子供を搔爬したのか知らないけど、そういう発言だって、とても無神経だと思うのよ、生みたくたって生めない私のような女が世の中にはいるんだから」からみつくような言い方でケイが喋り続ける。

「でも私はね、オケイのためにその子を生むわけにはいかなかったのよ」サクラが視線を落とす。

「私のためでなくて、自分のために生めばよかったのよ」とケイ。

「そうだからこそ、生まなかったの」

「どうして？」ケイが食い下がる。

「その人の子供を生むわけにはいかなかったのよ、絶対に」

「相手に家庭があるってわけね？」ケイが批難がましく聞いた。

「うん。奥さんも子供もいるの」サクラが一同の顔を、挑発（ちょうはつ）するかのように、一人一人、ゆっくりと見ていった。

ところがなぜか、最後のエマのところで、サクラの視線がテーブルに落ちた。エマはそれを必要以上に敏感に受けとめた。

「あなたたちのようなモラルのない女たちがいるから、陰で泣く女が増えるのよ」ケイとしてはめずらしく説教じみた口調。「あなたたちのような女のために、私は離婚せざるを得なかったし、現に今も、日本中のあちこちで深刻な家庭騒動の原因になっているはずよ」

「エマ、何か言いなさいよ。さっきからずいぶん大人しいじゃないの」スミヨがエマの杯に酒を注ぎながら言った。

エマは少し考えてから、ケイに訊いた。

「男が浮気してるかどうかってこと、わりとわかるもの？」

「そりゃわかるわよ、十何年も一緒に暮らした男だったら、すぐにピンとくるわ」ケイのかわりにスミヨがそう断言する。スミヨは二十代の後半に三年ばかり、結婚生活を送ったことがあるのだ。

「たとえば？」サクラの眼が興味深そうに光った。

「うちの元亭主の場合は、実に単純明解だったな。その日の天気によって、わかったわ」スミヨはそこで何かを思いだしたのか、笑い顔のような泣き顔のような、どっちともとれる表情をして、続けた。「たとえば、雨の日。傘が三本あるの、彼——つまり傘があったのよ」と彼女は言い直した。「女と逢う時に使う傘ってのがちゃんときまっててね——もちろん本人はそんなこと女房が気づくとは思ってもいないから油断してるんだけど——その傘ってのが超細身のあまり実用的な代物じゃないわけ。イタリー製かイギリス製で、ほら、雨のためというより、ステッキがわりに英国紳士が持つといった、あれよ。その傘持って出かける日は、女と逢うわけよ。もうこれは火をみるより確かだった」

「へぇ、そんなもの？」とサクラが感心する。

「雨の降らない日の見分け方はね」スミヨが続けた。「ネクタイとハンカチの色でわかった。普段は無頓着な男なのに、そういう日にかぎりカラーを合わせようとするわけね。もう実に底が浅いというか、今から思えば可愛らしいものだったわ」

スミヨはそう言って事実おかしそうに笑ったが、そんなふうに笑えるまで、どれだけの年月を要したのだろうと、エマはそんなことを思った。

「あなたは、どう？　あなたのところの亭主殿は、浮気の徴候なんてまるでない？」スミヨが不意にホコ先をエマにむけた。

「そりゃないでしょう」サクラが少し早すぎるタイミングで、エマのかわりに否定するように言った。「エマほどの美人の奥さんに不服のある男がいたら、視力を疑うわね」サクラはウエーブのかかった髪を指ですきあげるように掻き上げた。その仕種が女っぽい。

「うちの人は、そう簡単に尻尾を出さないけど」と、エマはサクラの女っぽい仕種から視線を剝がしながら呟いた。夫がサクラのチリチリにした髪型を知っているわけはありえないのだ、とほとんど確信しながら。サクラと逢ったのでなければ。それもこの四月からこっちの内に。

「知能犯に近いから、うちの人は」エマはちょっと考えた。「実にさりげなくふるまったりするわけよ。とても自然で、いい感じで、あたりさわりがないの」

「それでごまかされちゃうわけよ、女って」ケイが溜息をつく。「うちの場合なんて、心にやましいものがあるから口数は多くなるし、つまらないお土産を買ってくるし、その同じ夜に迫ったりしたから、私みたいなトロイ女でもすぐぴんときたわ」

「それは古典的なパターンね」とスミヨが同情を声に滲ませた。

「でも私――」エマは注意深い声で言う。「そのさりげのない調子に、逆にひっかかるの。ほんの少し――非常にわずかなんだけど、さりげなさすぎるっていうのかしら、ひっかかりがあまりにもなさすぎるから、かえって変だと感じることがあるの」

「まさか。エマのダンナが浮気してるなんて信じられないな」

「それはあなた、エマのダンナを男とみなしていない発言のようにとれるわよ」サクラが言った。それで女たちが笑い、その会話がひとまず終ったような感じになった時であった。

電話が鳴った。

電話は、キッチンとダイニングルームの間のカウンターの上に置いてあった。

「誰でしょうね、こんな時間に」そう言いながらサクラが立って行った。

「そりゃあなたの男にきまってるわ」スミヨがその背中に言った。

「案外、エマにかもよ」サクラが首だけねじむけてエマの顔に微笑を送った。「だから結婚している女って不自由なのよ。亭主がどこまでも見張ってる」

「うちの人じゃないわよ。まだ、家に帰る時間じゃないもの」エマは軽く否定した。

「でも、メモ、のこしてきたんでしょ？ ここにいるって？」そう訊いてからサクラは受話器をとり上げた。

「もしもし、水上ですが」サクラの眼がキラキラ光り、送話口をおさえ、「ほらやっぱり。勘があたった」と女たち全員に言い、片手の人差し指でエマにカモンの仕種をしながら、

「たった今、うわさしていたところです。今、どちら？ あらまだそんなところ？ じゃどうして奥さまがここにいることがおわかりになったの？ 電話なさったの？ で息子さん出たわけだ。ちょっとお待ちになって、今、エマに替りますから」

なぜサクラは相手に一言も言わせないような感じに喋るのだろうと思いながら、エマは電話をとった。

「早目に帰ろうと思ってさ、めしの用意があるかどうか電話を入れてみたんだ。そしたらオサムがそっちだっていうから」夫の普段の感じの普通の声がいきなりそう言いわけをした。

「あらそう？　でもよく電話番号がおわかりになったわね。メモには書いて来なかったんだけど」そう言ってしまってから、その事があんがい深刻な疑問であることにエマは気づいた。

「前に、電話したことがあったろう。まぁいずれにしろ、君はそこで呑んだくれてるわけだから、俺は夕食にありつけそうもないな。適当に喰って帰る。——あんまり遅くなるなよ、そっちも」

そう言って夫は電話を切った。疑問だけが、エマの胸に残った。

その後は、特にどうという会話の進展もなかった。特にエマが沈みがちだったので、会話はもっぱらスミヨとサクラの間で行なわれ、そこへケイが半拍おいた感じの質問をはさんで、二人の女を苛々させていた。

「どうしたのよ、エマ。ご主人の声きいたら帰りたくなっちゃったの？」スミヨが気にして訊いた。

ケイが同情するようにエマを見た。

「離婚してひとつだけよかったなと思うことは、誰にも言いわけしなくていいことよ」

サクラはエマを見なかった。電話があった後、エマの視線を避けている。いやそうではない。避けるという感じではない。積極的に無視しているというほうがあたっているように思われる。

「嘘(うそ)ばっかり」サクラはケイの顔に大げさなしかめっつらをくれて言った。「ネコタンに言いわけばっかりしているくせに」

「そうだ、ネコタン！　忘れてた」ケイが悲鳴に近い声をあげた。「あたし、帰るわ」かなり唐突にそう言って、ケイが腰を浮かせた。

「その方がいいわよ。ネコタンはともかく、ヒスイやダイヤやミンクのためにも」スミヨがからかう声を背中に聞きながら、ケイがあたふたと帰って行った。あっという間の出来事だった。

三人の女たちは、急に沈黙がちになり、サクラが立って行ってカセットを入れた。ウィリー・ネルソンのスターダストが室内に流れた。

「病院へはいつ行くの？」やがてサクラがスミヨに訊いた。

「そうねぇ、仕事の間(あいま)みて、行かないとね」

「どこにする？」

「あなたがかかった病院でいいわよ」

「あなたが掻爬した子供の父親って、誰？」

エマの声が不意に室内に低く響いた。

「それは本人にもわかっていないんじゃないの？」その口調から、スミヨが知らされていないことが感じられた。

「そうなんだ」とサクラがペロリと舌を出した。それは故意におどけた仕種だとエマは思った。

「わかってるんでしょ？」エマがもう一度低い声で言った。「私にはわかるような気がするわ」

「えっ？　誰？」スミヨがすっとんきょうな声をあげた。「私たちの知ってる男？」

エマがうなずく。

「誰？　ねぇ誰よ？」スミヨの声を、どこかが痛むような表情で聞くサクラ。

「サクラに訊いて」エマがぽつりと言った。

サクラとエマの視線が絡んだ。長いこと二人の女はお互いの眼の中をみつめあった。サクラが先に眼をそらせた。

「どうしてわかったの？」ほとんど平静な諦めの混った声でサクラが訊いた。

「何もかもとってもさりげなかったから」とエマも似たような響きの声で答えた。

エマはすでに自分が気づかないところで夫を疑っていたような気がした。夫がサクラのヘアスタイルについて、つい口を滑らせた時、疑惑の種が播かれたのかもしれない。疑惑の種とも知らずに、エマは無意識のうちにそれを育てた。

その種が、今夜、不意に芽を出した、というわけだった。今夜だったのは不運だった。エマはサクラの先刻の電話の応対を反芻してみて、いよいよ確信を深めた。実に巧みに、エマの夫に警告を与えた。ただし、ほんのわずかに巧みすぎたという欠点をのぞいてはの話だけど。

「ねえ、誰よ、教えてよ。いやね、二人とも秘密主義」スミヨの声でエマは立ち上った。もうそれ以上、そこにいる理由はなかった。

その時再び電話が鳴った。サクラが躰を固くしたまま立って行く。

「もしもし。あら、ケイ! えっ、どうしたの? なんだ猫のこと、帰らない? 放っときなさいよ、猫のことなんて」サクラの声が淡々と響く。その声を背中に聞きながらエマは靴をはく。

「帰ってくるわよ、そのうち。猫ってそういうものじゃない? 結局朝方になれば家へ帰る。それが猫――」

エマはそっと扉の外へ滑り出る。サクラの声がぷつりと消えた。

ケアレス・ウィークエンド

男は家路を急いでいた。

信号を渡り少し坂を登ると渋谷行きのバス停がある。数人の男女がコートの衿を立ていかにも寒そうにバスを待っている。坂の先に六本木の交差点の青信号が見える。

信号は青いのにもかかわらず、車が数珠つなぎに渋滞しており、赤いテールランプが男のすぐ脇までずっとつながっている。

からからに乾いた寒風が、埃っぽい灰色の小さな旋風を起しながら、男の少し先をバス停の方へと吹き上げて行った。それを見ると男は不意に一杯飲みたいと思った。

しかし男はすぐにその思いを引っこめた。妻の誕生日だったし、彼女は二人目の子供を妊娠していた。

妻に何か買おうと思ったが、何を買って良いのかまるきり見当もつかなかった。それでも昼休みの一部を使って会社の近くの洋品店など見て回ったが、女店員が寄って来て何かお探しですかと訊いたので、いや別にと反射的に店を出てしまった。

隣の靴のショーウインドウの中を覗いていると、店の中からこちらをじっとみつめている中年の女の店員と眼があったので、そこも離れた。第一、妻が何サイズの靴をはくのか、男は知らないのだった。

それに、と彼は自分に言いわけした。どうせ何か買ったって気に入らなければあいつは金輪際身につけもしないし使いもしない。ずっと以前、クリスマスにハンドバッグを買ってやったのだが、ありがとうと言いはしたが、あまりうれしそうな顔をしなかった。

「気に入らないのか」と彼は少し不機嫌な声で言った。

「そういうわけじゃないけど」と妻は語尾を濁した。

「じゃなんだ？」

「こういうかっちりしたバッグに合うドレス、持っていないから」

女店員にジロジロ眺められながら自分が選んだハンドバッグが、要するに妻は気にいらないのだ、と夫はますます憮然とした。

それ以来、彼は妻に贈りものをするかわりに現金を渡した。

ふと見るとバス停の脇の路上に、小さな花屋があった。六十近いゴマ塩頭の男がリアカーで店を張っていた。黄色いバラが入った缶に一本百五十円とマジックインクで値段表が下っている。

いつだったか妻が黄色いバラが好きだと言っていたのを男は思いだした。会社の宴会の時、二、三本ずつ配られた赤いバラを持ち帰った際に、そう言ったのだった。

「黄色いバラが好きなのよ。それも五本や十本じゃなく。ひとかかえくらい贈ってもらいたいものね、一生に一度くらいは、そんなことがあってもいいんじゃないの」

ひとかかえのバラが大体何本ほどあるものか男は見当もつかなかった。渋谷行きのバスの姿はまだ見えず、あいかわらず渋滞が続いていた。

男はブリキの石油缶に突っこんである黄色いバラを指して、ゴマ塩頭の花屋にこれで何本あるのかと訊いた。花屋は三十本ですと答えた。四千五百円の花代が高いのか安いのか男にはわからないが、四年前の、どこかで埃をかぶっているハンドバッグが二万円近くしたことを思うと、それで妻の機嫌が良くなるのなら安いものだと思った。

男はバラを買い求め、ペラペラした白い紙に包んだ一束を手に、再びバス停に戻った。しかし依然としてバスは溜池方面に姿も形も見えないのだった。

彼は、店のショーウインドウから歩道に落ちている明りでチラと腕時計を見ると、六本木の方角を眺めた。

三十分ばかり時間をつぶしたって、この渋滞では同じことだろうと自分に言いきかせて、ふらりと坂を上がり始めた。

花束を抱えて歩くのはひどく具合が悪かった。前から来る二人連れのＯＬが、花と男の顔とをじろりと一瞥して過ぎた。

そんなものを持っているために、何時も立ち寄るバーに入る気にはなれず、男は二つめのケンタッキー・フライドチキンの匂いのたちこめる路地を左に曲った。

そこは都心の真中にあるにしては、ひどくうらぶれた路地だった。わずか二十メートルばかりの薄暗い道で、突き当りの有名なステーキハウスからの活気を帯びた光りは、射してこないのだった。ビルの非常階段とか、乱雑に置かれている生ゴミ用のプラスチック容器とか、薄汚れたオートバイなどが立てかけてある。

容器の外にこぼれた生ゴミが胸の悪くなるような臭いを放っていた。茶色い雄猫がゴミ容器の間から、尻尾を立てて走り出て、反対側のビルの駐車場へと消えて行った。

その瞬間だった。男は不意に何もかもが厭になった。理由など特になかった。仕事は、彼の年齢の男が普通にやる程度のことを可もなく不可もなくやっていたし、それほど無理なローンを組まずとも、郊外にマイホームをひとつ手に入れた。たいして出来は良くないがまあ健康な息子がひとりおり、妻は次の子を身ごもっている。夫婦仲もとりたてて悪くはなかった。女房が子供を身ごもるようなことを自分たちはしていたわけだし。もっとも妊娠がわかった時から数か月、男は妻に触れていないことを思いだして、わずかに後ろめたいような気がしないでもなかった。

衿元が寒かった。胃のあたりに吐き気に似た嫌悪感を覚え、男はその場に釘づけになったように一瞬立ち尽くした。

何もかも棄てちまいたいなぁ、とわざと声に出して彼は呟き、地下鉄や地下道でうずくまっている浮浪者の姿を自分に重ねてみたが、それもさしせまって彼のしたいことではとうていありえなかった。生ゴミの悪臭と角のケンタッキーの油であげた鶏肉の匂いとが混って、胸がいっそう悪くなった。

一杯飲みたい気分はとっくに失せていたが、まっすぐに家に帰るのはもっと嫌なのだった。ベルを押すといつも必要以上に待たせて妻はドアを開けてくれるのだが、その待つ間が耐え難かったし、紺色の化繊のマタニティードレスも我慢がならないような気がした。いつも同じ紺色のマタニティーのジャンパースカートなのだった。前の妊娠の時にも初めから終りまで紺の同じマタニティーだった。

妻の黄色い顔。妊娠してそれが少し透き通るように見えるソバカスのある顔。そして言うのだ。「あら、黄色いバラね」それから「でも」と言う。「でも、これでごまかす気じゃないでしょうね」と彼を見上げ「はい」と言って右手を差しだす。その上に彼は一万円札を一枚置く自分を想像する。

夕食はステーキに、ほぼまちがいない。それからコーンスープ。なぜかステーキの時にはコーンスープがつくときまっている。ステーキには緑のクレソンの葉と、少しさめた粉フキイモ。ホテルの食事じゃあるまいし。男はコンニャクをピリッと辛味をきかせていためたものや、美味いぬか漬や、上等の魚の干物などを夢みるが、そういった味が食卓に並ぶことは、めったにない。いやほとんどない。

息子が一緒に食卓を囲むようになってからは、スパゲティー・ミートソースとハンバーグと、麻ぼう豆腐あたりが定食となった。要するに挽き肉料理か、フライパンでささっと炒めた程度のものが主流だった。

妻の手料理にはほとんど期待できない。今後もずっと絶望的だろう。赤んぼうがもう一人生れると、更に悪化の一途をたどるのにきまっている。くたくたに煮た卵とじウドンなどが日曜の昼食にまた出るようになったら終いだ。彼女は自分の口の中から咀嚼した元ウドンなるものを、スプーンに移して、赤んぼうの口へ運んでやるのだ。

今夜は駅前の不二家あたりのショートケーキがキャンドルをおったてて出てくるはずだった。息子の誕生日の時も彼自身の時もそうだ。クリスマスをいれて、年に四回キャンドルをおったてた不二家のショートケーキが我がスウィートホームの食卓を飾る。赤んぼうが生れれば、年五回だ。

不二家のショートケーキがキャンドルを灯して食卓に並ぶ夜は、なぜか、そうするものとはなからきめてかかっての夜のあの行為。初めの一、二年は男の方でも喜んで同調したせいもあるから、妻だけを責められないが、キャンドルつきの不二家のケーキとベッドの中のあのことを、習慣にしちまったのは女房だ。

あれは一種のプレゼントみたいなつもりなのかもしれない、と男は悪意をこめて考えた。とすると、黄色いバラの花束と現金と、あれで、プレゼントの三重取りではないか。

今夜は断じていたさぬぞ、と男は自分に言いきかせた。妊娠のためにひとまわり大きくなった妻の乳房に浮きでている青い血管が眼に浮かぶのだった。

女の肉体が美しいなどと思ったのはすでに遠い昔のことだ。あの二つの、掌にすっぽりとおさまる乳房が、男に愛撫される以外に別の目的をもって存在すると、現実に識って以来、女の肉体は美なるものから遠くなった。

最初の子供の授乳中の妻の乳房の、獣なみのたわわな重さときたら。

彼はふと視線を手にしたバラの花束に落した。なぜ自分が黄色いバラを持っているのか、束の間理解できなかった。彼はバラの数を数え始めた。

三十まで数えると現実がたち戻った。もっとも、ケンタッキーの角で突然何もかもが厭になってしまったところまでの現実だ。男は生ゴミの溢れているプラスチックの青い容器に眼を移した。

世の中で一番美しくないもののひとつは、そのプラスチックの青いゴミ容器なのだと男は考えた。更に日本中の青いゴミ容器の中で、一番醜悪なのは、ケンタッキー・フライドチキンの匂いが立ちこめている裏通りの、じめじめと濡れたコンクリートの床の上のそいつらだった。

「くたばれ」男はいきなり手にしたバラの花束を、ゴミ容器にむかって力一杯投げつけた。花を包んである白い紙が宙で鳥の羽根のように広がり、花束は容器のふちにあたってコンクリートの床の上に、バサリと落ちた。男はそのまま歩きだした。現実が、ケンタッキーの角以前の、一杯飲みたいというところまで戻っていた。

「ちょっとお、捨てるんですかあ」まのびしたような女の声が背後でした。

「もったいないじゃないですか。どうして捨てるんですかあ」

男が首だけねじって振りむくと、女が膝を曲げて濡れた床の上からバラの花束を拾い上げるのが眼に入った。

女はバッグの口金を左手であけるとティッシュペーパーを一枚抜きとり、汚れて濡れている白い紙包みを拭った。左手のなんのへんてつもないプラチナの結婚指輪が、暗いビルの裸電球からこぼれている光を反射して、鈍く光った。

「はい」と女は男を見上げた。女は若くはなかった。妻よりも五つ六つ歳上のように見えた。女学生が着るようなアズキ色のコートの衿元に、模造真珠のブローチが止めてあった。ごく平凡な、サラリーマンの妻以外の何者にも見えないのだった。

男は女が差し出すバラの花束を一瞥して首をふった。

「さあ」もう一度と、女が花束を男の胸に押しつけて言った。「ご機嫌直して」

機嫌が悪いなどとどうしてその女にわかるのかと男は不審に思いながら、もう一度首を振った。それに夜の七時近い時刻に、サラリーマンの妻が何で六本木の裏通りをふらついているのかも理解しかねた。もしかしたら離婚して、夜の働きに出ている女かもしれないなどと、チラと考えた。

「いらないんなら、あたしがもらうけど」と彼女は窺うように男を見上げた。「もらってもいいですか？」

「捨てたんだから、どうでもいいですよ」

「ありがとう、うれしいわ」と女は初めて笑顔を見せた。するとそれまで唇で隠されていた犬歯の横の金歯が見えた。

「礼など――」と男は言いかけて、女の口の中の金歯から眼をそむけた。

「生れて一度も、男のひとから花束なんてもらったことなかったの」

やったわけじゃない、そっちが勝手に拾ったんだと、胸の中で呟きながら男が歩きだすと、女もつられたように肩を並べて歩きだした。

女はひどく背が低かった。男の肩までもなかった。彼女はバラの花束を胸に大事そうに抱えると、頼みもしないのに男の足取りに合わせようと、ちょこちょことハイヒールの足を進めた。

「まだツボミなのに……」と彼女が言いかけたのと、「じゃ」と男が一軒のバーの前で邪慳に言ったのと同時だった。

「あっ」と小さく女は言って、眼をしばたたいた。いきなり男から別れ話を切りだされた女みたいな表情だと、男はなぜかひどく後ぐらい気持がした。

「あ、そうね」と女は我にかえって苦笑した。厚塗りのファンデーションがひびわれて、眼尻に二本くっきりと皺が走った。「お花、どうもありがとう」

なぜそういう気になったのか、果してその気になったのかさえ怪しいが、次の瞬間、男は一杯飲んでいきますか、とぶっきらぼうに女を誘った。誘ってしまってから、胸がどす黒くなるくらい不愉快になったが、一度とりこぼしてしまった言葉を拾い集めて、口の中へ放り戻すわけにはいかない。男は内心自分を呪った。

男に誘われると、今度は女がわずかに躊躇するような素振りを見せた。

「今何時でしょう?」と彼女は男に質問した。男は心の中で舌打ちしながら、正確な時間を伝えた。女は顔をしかめるようにして一瞬何ごとか思案したが、「それじゃほんのちょっとだけ」と答えた。

誘われて断りきれないような感じが露骨だったので、男はますます憮然として、

「無理しなくてもいいですよ」と、バーの木目のドアを押しながら素気なく言った。しかし女は続いて男の後からドアの内側に滑りこみ、珍しそうにあまり広くない店内を見廻した。客はカウンターの二人ばかり。

いらっしゃいませ、と若いバーテンダーがカウンターの中から二人を迎え、片隅のボックスを手で示した。男はそれを無視して、カウンターのスツールに進んだ。

「コートをおあずかりしましょう」とバーテンダーが女に言った。

「あ、いいよ、そちら一杯だけで帰るそうだから」男はあわててそう言った。女は薄く笑っただけで、別に何も言わなかった。

女はスツールに坐(すわ)ると、子供のように足をぶらぶらさせ、胸にかかえた花の中に時々鼻を埋めては、ああいい匂いと呟くのだった。

男はウィスキーのダブルを頼み、女に飲み物を訊いた。

「何でもいいです」ハイヒールの足をあいかわらずぶらぶらさせながら、女は答えた。何でもいいなどと答える女に、男はひどく腹がたった。

「じゃウィスキーの水割りをこちらに」と、バーテンに声をかけると、彼は連れの女にほとんど背中をむけんばかりにスツールを回した。

「あ、ウィスキーじゃない方が」と女が言った。

「もっと弱いものありませんか?」

「ジン・トニックでも作りますか?」とバーテンダーが応じた。女はこっくりとうなずいた。

「酒に弱いんなら、ジンも気をつけた方がいいですよ」と、男は女を見ずに言って、ウィスキーのダブルを喉(のど)へぶつけるように三口で飲み、無言でバーテンダーの前に置いた。

「別にだめなわけじゃないですけどね、お酒の匂いをさせて帰るわけにもね」

ふと男の好奇心が目ざめた。

「おたく、主婦でしょうが？　こんな時間まで、いいんですか」

女はジン・トニックのグラスには手をつけず、じっと表面の氷片をみつめた。

「別に答えなくてもいいですよ」と男はバーテンダーから二杯目のダブルのウィスキーを受けとりながら言った。女から二つ置いたカウンターの席で、中年男が夕刊を音をたてて折り畳んだ。

「あなたが……」と女が言いかけた。「あなたが、奥さんのために買ったバラの花を、捨てちゃった理由と、同じようなものなんじゃないかしら」

男はギョッとして、改めて女を眺めた。彼女は横顔を見せながら、ゆっくりとジン・トニックを口へ運んだ。

「バラの花をゴミ箱に捨てた理由が、よくおたくに分かるね、それに——」と男は皮肉な口調で続けた。

「その花を女房のために買ったと、どうして思うんだい。他の女のためかもしれないし」

しかし女はその問いに答えない。相変らず膝から下をぶらぶら揺らしている。男は急に女のその揺れる足に苛立ち(いらだ)をつのらせた。

「それを飲み終ったらご亭主や子供のいる家へ帰りなさいよ」と、彼は命令口調で言った。さっさと帰れといわんばかりのニュアンスだった。

「言われなくとも、そのつもり」女は男の口調をたいして気にもせず薄く笑ってそう答えた。

バーのドアが開いて、冷い十二月の風を先行させながら、男と女が入って来た。男は五十に手が届こうとしており、女の方は二十歳そこそこに見えた。中年男は顎の先でボックス席を示し、若い女を奥の方へ坐らせた。

なじみの客らしく、バーテンダーが背後の棚からサントリーのボトルを一本出して、アイスバケットとミネラルウォーター、グラスを二つそれに添え、左奥を回りこんでカウンターの外へ出てくると、それをボックス席へと運んだ。女の二つおいた席の男が夕刊を無造作に折ってオーバーのポケットに押しこみながら、勘定と言って立ち上った。

その時、女がポツリと言った。

「何もかもが、急に、どうでもよくなっちゃって……」

え？　と男は聞き耳をたてるように、半身を少しねじって女の顔を眺めた。若い頃には、愛くるしい顔立ちだったのかもしれない、とふと思った。鼻とか唇とか眼とかが、こぢんまりと小さな顔の中におさまっていた。瞼の脂肪が落ちて、眼が引っこんでいるので、実際の年齢より老けて見えるのかもしれなかった。

「前にも一度、こういうことはあったんですよね、子供がまだ小さい時。よく晴れた秋の午後だったけど。ふと空を見上げたのよね。ぬけるような青い空だったわ——、デパートの帰りで片手で子供の手を引いてたんだけど——、ビルとビルの間のわずかばかりの空間が、すっと抜けるように高くなっていて、空の青が凄いようだったの。あたし、一瞬幸せだなと、感じたわ。あんまりきれいだったし、デパートで買物を楽しんだ後だったし、子供の手が自分の手の中でしっかりあたしを握りしめていたし——幸せだなって。

次の瞬間だった——、ストーンときたのよ。いきなり気持がストーンと醒めてしまったの。

理由なんてなんにもない。あ、空が青くてきれいだな、幸せだなって感じたすぐ直後に、ストーンと——。

口もきけず、一歩も歩けず、息も止ったようになって。あ、もうどうでもいいやなんて思った。なにもかも放ぼり投げて、走りだしたかった。ほんとうにそうしようとして、買いものの入った紙袋をひょいと投げちゃった——ほら、さっきあなたが花束投げたのとそっくり同じように」女はそこで言葉を切り、低く声を出して喉の奥で笑った。

「ナッツかなにかあるかね？」と、背後のボックス席から、カウンターの中に戻ったバーテンダーに中年の男の塩辛声がかかった。

「ナッツなんて嫌い。他に何か出来ない？」若い女が押しかぶせるように言うのが聞えた。

「野菜炒めみたいの？　ビタミン不足なのよ、この頃」

「あとで食事するからさ」と中年の男がなだめるように言った。

「いいの。食事止めとくって、今夜は」

「どうして」

「そのあとがあるんだもの」

　中年男が急に黙りこむ。

「ところがね」と、カウンターの男の横で女が再び喋りだした。ぽつぽつとした口調だった。「小さな子供を放り投げるわけにもいかないじゃない。惨めだったわ。子供の手を引いて、放り投げたデパートの紙袋を、人々がじろじろ見ている中で拾い集めて——吐き気がするほど空しい気持で、のろのろ歩きだした」女は遠い眼をして、すぐ前のカウンターの戸棚に並べたウィスキーボトルに視線を移した。

「もうずっと昔のことですけどね」と女は続けた。「それと同じようなストーンとした気持に今日の夕方襲われてね。理由なんてやっぱり無いのよ。わかるでしょう?」

　不意に女は男の眼を捕えた。思わずたじろぐような暗い視線だった。

「その先の鏡やら色ガラス売っている店で、ステンドグラスの材料を選んでいる時だったんです。あたし、趣味程度だけど、近所でステンドグラスの教室に通っているのよ。……南の海のサンゴ礁そっくりの色したガラスがあったんで、きれいだって、とりあげたの。そのとたん、ストーンがきたの」女は下唇を咬みしめた。

　男は女の空のグラスを見て、一杯飲むかと眼線で訊いた。女がうなずいた。男はそのグラスをバーテンの方へ無言で押しやった。

「五時頃だったかしら。ステンドグラスの材料買って、帰るつもりだったの。途中で晩のおかずを少し買って、六時には若林の家に着くつもりで——、ストーンがきたんで、何もかもどうでもよくなっちゃって。その店を何時出たのか覚えていないし、どこをどううろついたのか全く記憶にないけど、気がついたら、ケンタッキーの横の路地にさまよいこんでいたのよね。そこであなたを見かけたの。花束を片手にぶらんともってね、なんとなく茫然としているあなたの背中を見た時に、あっ同類だって。

すぐにそう思ったわ。同類だってね。次の瞬間だったわね、あなたが花束をいきなり放り捨てたの。ずっと昔、あたしがデパートの紙袋を投げ捨てたのと同じように」

それきり女は口を閉ざした。

「食事はどうしてもしないの？」とボックス席でひそひそとした感じの中年男の声がした。

「もうそう言ったじゃない」若い女がきつい声で答えた。「しつこいの嫌だわ」

「別にしつこくしたわけではないよ。腹が空かないかと心配してるだけだ」

「だって、食事だけで済まないんですもの、どうせ」男がまたしても黙りこんだので、若い女が言いつのった。「ワンパターンなのよね、いつも」

「五時から七時まで、どこをうろついていたの？」思いのほか柔らかい声で男が訊ねた。

「さぁ」女は思案げに呟いた。「ステンドグラスの店からケンタッキーまで五百メートルくらいでしょ」

「その間を二時間もかけて行ったり来たりしてたのかなぁ」

「覚えてないわ。すぐに路地を回ったような気もするのよね。スペイン風の石の階段がくねくねとあったような記憶があることはあるの。そうそう、日本じゃないみたいって思ったのを覚えている。かと言ってほんとうにスペインの石段がどんなふうかなんてことはわからないのよ。行ったこともないしね、スペインなんて」

女は激しく膝から下をぶらぶらさせて、ジン・トニックを啜った。ハイヒールをはいた足が驚くほど小さいのに男は初めて眼を止めた。小さくて意外に形が良くて、中国婦人のテンソクを彼に連想させた。

こんなに小さな靴と、その靴の中にぴったりと収まった甲高のきれいな足とを、男は見たこともないと思った。妻の足はもっと大きいし、そんなに華奢なハイヒールではなく、いつもカカトの太い中ヒールをはいている。

「いやね。じろじろみて」と、笑いを含んだ声で女が批難した。

「小さい足だと思ってね」と男は眼を上げた。

「二十一半よ。靴を探すのに一苦労するの」

「だろうね」初めて女にむかって男は微笑した。

「もう、いいの？　ストーンは治った？」と少しして、男が訊いた。

「あなたは？」女は質問に質問で答えた。

「あと一、二杯ってところかな、僕は」

「あたしもよ」低い、ほとんど聞きとれない声で女は言った。

「いいのかい、うちの方は？　子供、待っているんでしょう」

「どうせもう間にあわないし。主人と二人でインスタントラーメンでも作って食べただろうしね」急に投げやりな調子で女はそう言って、衿の中に細い、少しとがって貧相な感じのする顎を埋めた。

「余計なお世話かもしれないけど」と男は言いかけた。

「そう思うんだったら、言わないことよ」小柄な女は、急に姉か母親みたいな感じでそう言った。男はそれにはかまわず続けた。

「家へ電話をかけた方がよくないですか」

「あなたがもしもあたしの主人だったとしたら」と女は男の眼をチラと見て言った。

「夕食の仕度に戻らない女房から、こんな時間に電話が入ったらどうする？」

「怒鳴りつけるだろうね」

「でしょ？　だからしないの。頭から怒鳴りつけられたら、ますます帰りたくなくなってしまうわねえ。でも」と女は真顔になった。「でもあなたは適当にどうぞ。もしかして今日奥さんのお誕生日？」

男は二つばかりまばたきをした。

「やっぱりそうね。奥さん今日で三十歳？」

「いや」男は首をふった。「どうしてですか？」

「お花の数が三十本だったから」

「年齢の数だけ花を贈るもんなんですか」と男は感心したように呟いた。

「そうでもないんでしょうけど、ふとそう思っただけですよ」と女は言った。

そろそろ男は酔いが回ってくるのを感じていた。口を開くのがかったるかったし自然に上半身が揺れてくる感じだった。

ボックス席から中年男と女の連れが立ち上った。結局食事に行くことになったようだった。二人の姿がバーの外へ消えると男は唐突に言った。

「俺ね、浮気ってものまだ一度もしてないんだよね」

「めずらしい方」と女は笑った。「奥さんがきっとステキなんでしょうね」

「いや、そんなんじゃないですよ」脳裏を、下腹を突きだすようにして歩く妻の姿がよぎった。寸胴(ずんどう)の紺のマタニティーと太い踵(かかと)の中ヒールで色気もなにもあったものではなかった。男はもう一度隣りのスツールの女の小さな靴をチラと盗み見た。

「ただめんどうなだけって話でね」と彼はウィスキーを口に含んだ。

「あたしはあるのよ、浮気したこと」女がグラスの中味を見ながら言った。

「そんなような女性には見えないけどね、奥さん」と男が少し意外そうに言った。

「関係ないんじゃないですか、外見なんて」

「でもいかにも貞淑な主婦というタイプに見えるから」

「いかにも貞淑そうな主婦で、不倫な関係をもっているひと、ゴマンといますよ。あたしも二人知っているわ」

「自分を入れて？」

「別にして」

女は少し顔を突き上げるようにして笑った。喉がギクリとするほど白くて、細かった。

「ご亭主にばれない？」

「まずばれないわ」と女はきっぱりと言った。

「ずいぶん自信があるんですね」男は少し嫌な気分になった。自分の妻のことを考えたからだった。

「だって男なんて、自分の女房のことなんてぜんぜん注意して見ないもの。髪型変えたって、お化粧変えたって、洋服新調したって、ぜんぜん気がつかないもの。女房の下着が急に高価なものに変ったたって、まるで疑わないのよ。夜、ちゃんと家にいれば、それで大丈夫だと思っているのね。浮気なんて昼間だって出来るのに。あなたも気をつけなさい」

「うちは問題外」

「あらどうして」

「こんなだもの」と男はゼスチャーで示した。

「と言って安心できないわよ。こんなお腹した人がラブホテルへ入っていくの、あたし見たことあるもの」

「本当ですか」

「小さな子供の手を引いてた女もいたわ」

「驚いたね」と男は言った。「そういう女たちもそうだけど、あなたがちょくちょくそういう場所に出入りするらしいってこともさ」

男は急に女の形の良い小さな足の甲を、手で撫でてみたいという欲望に悩まされるのを感じた。しかし、それ以上の欲望は、その女に対して湧かないのだった。足だけに触れてみたい、それだけだった。靴を脱がせて、その小さな爪先を両手でそっともみしだいてみたいだけなのだった。

「その小さな子供の手を引いていた女っていうの、実はあたしなのよ」

訊かれもしないのに女はそう言って、すくい上げるように男を見た。

「出ようか?」男の口からいきなりそう言葉が突いて出た。彼女よりも男本人が一番驚いたことに、その「出ようか」という短い一言に、実に明瞭な意味が含まれていることだった。寝ようか、あるいはホテルへ行こうか、と言うのと同じことだった。

「ええ」と女は長すぎもせず、短かすぎもしない間の後、うなずいた。

タクシーを停めて乗りこむと、男ははたと困惑した。女を連れこむようなホテルを、彼は知らないのだった。結婚して六年になるが、妻以外の女と寝たことはなかった。結婚以前に、妻を含めて三人の女と交渉があったが、そのどの女の時も使ったのは彼自身のアパートか、相手の女の部屋だった。

「お客さん、どちらへ」と運転手がメーターを倒しながら訊いた。男はチラと傍の女を見た。

「渋谷の方へ」と、女がすかさず言った。

とたんに彼は後悔を覚えた。車窓から射しこむ青や赤のネオンサインを浴びると、女は彼よりも確実に十歳は年上に見えた。

「それより俺、海が見たいなあ」と男は哀れな声で言った。

「海ですって？　今から？」女が驚いたように甲高い声で言った。

「おたくが嫌ならいいよ」一人で海の見えるところへ行く気はなかったので、彼は諦めたようにそう呟いた。

「だって寒いわよ。十二月の海なんて。それにまさかタクシーじゃ行けないし」

「だからいいよ、渋谷で」いっそう諦めの口調だった。

「海まで出かけて行ったら、今夜中に帰れないかもしれないじゃないの」と、女の方がまだこだわるのだった。

「だから行きたいってこともあるさ」

「奥さんと、うまくいってないの?」女が顔を寄せた。ジンとリンゴのすえたような息の匂いがした。

「そういうわけじゃない」男はあいまいに呟いた。

「じゃどうして今夜帰りたくないの?」女はいっそう顔を男に近づけて訊いた。

男にはなぜだか自分でもわからないのだった。帰りたくないのではなかった。むしろ、たった今、タクシーのドアを押し開けて、女を突き落してしまいたいくらいだった。今ならまだ間にあうのだった。

しかし何に? 運転台の緑色の文字時計は九時四十分を点滅していた。キャンドルつきのショートケーキの一切れには、少なくともありつけそうだな、と男は自嘲した。しかしそいつも怪しいものだった。今からどう急いでも渋谷から下北沢経由で小田急に乗りそれから更に五十分はかかる。早くて十一時。下手をすれば十一時半。眠っているかどうかは別にして彼の妻はとっくにベッドの中だ。つまりあのことには辛うじて間にあうかもしれなかった。妻は一度たりとも彼を拒んだことはなかった。だから多分、今夜も——

「ストーンのせいだよ」と、男は肩を落して女の質問に答えた。

「じゃ行きましょうよ、海へ」と女はきっぱりと言った。今度は男があわてる番だった。

「いいよ。もう遅いから」

女は運転手に品川に変更してちょうだいと伝えた。

「だって、ご主人や息子さんが――」

「あなたに関係ないことよ」

女の横顔を盗み見たが、ほとんど無表情だった。

「品川からどこへ行く?」男は当惑して訊いた。

「京浜急行で三浦海岸へ行くのが一番早くない? 歩いて十分で砂浜に出るわ。夏休みに昔、子供と何度か行ったことがあるのよ」

「品川の駅から、せめて電話ぐらい入れた方がいいかもしれないね」と男は不安にかられて言った。タクシーが大きく左折したので、上体が女の方へ傾いた。

「電話して何て言うの? 今から男のひとと三浦海岸へ海を見に行くって言うの?」

「何も本当のことを言う必要はないさ。適当に女の友だちの家にいるとかさ」

「女の友だちなんていないわ」女は素気なく言った。「女の友だちなんていないこと、主人も知ってるわ」

男は黙りこんだ。

「あなたこそ、一本電話を入れておいたら?」

「俺のことはいいよ」

それっきり女も黙りこんだ。

先刻タクシーが左折した時から男の太股(ふともも)は女の膝に押しつけられたままだった。女の膝は骨ばっていて、あわれなほど小さいのだった。男は無言のまま右手を女の膝に置き、少しの間そこにそうしていた。

やがて男の手は、女の膝から徐々に下っていって、足首をとらえた。女が声を出さずにくすりと笑うのがわかった。男は彼女の足の甲にそっと指を触れた。女の足は彼が想像したより更に小さく子供のようだった。痛々しいほど小さくてもろかった。

「運転手さん」と男は言った。「何度も行く先を変更して悪いけど、若林の方へ行ってくれないか」女の足の甲を愛撫しながら、沈んだ調子でそう言った。男の掌の下で、女の足が少し緊張した。

「あっちこっちよく気が変るんだねえ」と、運転手が舌打ちしながら、いきなり車を乱暴にUターンさせた。

「気が変ったの?」少しかすれを帯びた声で、女が言った。

「そう取られても仕方がないけどね」

「家まで送ってくれなくてもいいのよ」

「近くまで送るよ」若林だったらそのまま世田谷代田の駅で小田急にのれる。女が急に足を男の掌の下からひっこめた。

「怒った？」男は女の顔を覗(のぞ)きこんだ。

「怒ってもしょうがないわね」

「今ならまだ間にあうしね」

「何に間にあうの？　受験勉強の息子の夜食作りに？」

「何もかも失うよりはいいよ」椅子(いす)にどっぷりと背をあずけながら男は言った。

「ばかね。何も失いはしないのに」

だがそういう女の声に、安堵(あんど)の響きが確実に含まれているのを男は感じた。彼は溜息をついて眼を閉じた。

環七の若林の踏切りを渡ったところで、女がタクシーを降りた。彼女は左手で花束を抱え、右手を差しだした。男は閉まりかけたドアの隙(す)き間から、女の手を握った。小さくてひどく冷たい手だった。「じゃ」と女が言った。彼はうなずいて手を離した。ドアが閉まりかける寸前、バラの花束が男の膝の上にバサリと落ちた。次の瞬間車は動き出し女の薄い笑顔が視界から消えた。

男は膝の上に置かれた花束をとりあげた。黄色いバラは、心なしかぐったりとしていた。頬(ほお)を寄せると、花びらが冷たかった。なんとなく女の手の冷たさを思いだした。

凍てつくような夜気だった。郊外の温度は都心よりも五度近く低そうだった。男の酔いはほとんどさめていた。

玄関の前で、男はドアの鍵を下ろした。十時を過ぎたら合鍵で入ることになっていた。鍵はポストの横のツツジの植込みの奥で、夜露に濡れていた。

男は右手に抱えていた花束を左手に持ちかえて、鍵穴を探った。それから音をたてないようにゆっくりと鍵を回した。

家の中はしんとしていた。居間の明りがついていたが、暖房は止めてあった。

男は明りの方へ無意識に向い、食卓を一瞥した。食卓はきちんと片づいていた。想像していたような妻のメモもなかった。

不二家のケーキを見ずにすんで、彼は少しホッとした。台所に入り、水道の水を蛇口から直に飲んだ。それから洗いオケに水を張り、バラの花束を白い紙包みのままその中に突っこんだ。

ふと背後に人の気配を感じてふりむくと、パジャマの上にウールのガウンを着た妻が、乱れた髪を手ぐしにすき上げながら立っているのが見えた。

「ごめん」と、彼女が何も言わないので、男が先に言った。

妻は無言でダイニングキッチンの片隅の石油の温風ヒーターのスイッチを入れた。

「お腹は?」

「いいよ」

「食べてきたの？」

妻は少し突きだして来た腹部を無意識の仕種で撫でながら訊いた。男は自分が何も食べていなかったことを思いだした。

「いや」

「じゃ作る？」

「お茶漬でいいよ」

妻は夫の言葉を無視して、冷蔵庫の中を覗きこむ。

男はその場に妻を残して、自分もパジャマを着るためにいったん寝室に引き上げた。

「お風呂、沸いてるけどぉ」

と妻の声がした。

妻がいきなり遅いじゃないのとか、あたしの誕生日なのに何してたのよ、とか言わなかったので、彼は奇妙に落着かなかった。逆らわない方が良いとみてとって、パジャマをつかむと、風呂場に向った。

湯につかると、若林に置いてきた女のことが思いだされた。あの女と三浦海岸に出かけて行ったかもしれない自分を思った。

冬の夜の海の暗さと寒さとを想像した。それから女の小さな足を思った。躰が温まるにつれて危いところだったと、呟いた。三浦海岸へ出向かなかったことを心から良かったと思った。

それから女が帰っていくであろう彼女の家庭のことを考えた。亭主にいきなり撲られるかもしれなかった。小さな躰が玄関先にふっとぶ様が眼に浮んだ。不幸そうな女だったものな、と男は膝を抱いた。

風呂から出ると、肉を焼いた匂いがしていた。食卓にはステーキの皿とコーンスープのカップが置かれていた。

ステーキの横には想像と寸分たがわずクレソンがあった。コーンスープはインスタントだった。

バラの花束は男が突っこんでおいたのと同じ状態で、洗いオケの中で斜めになっていた。男は黙ってステーキにナイフを入れた。

妻は夫の斜め前の席に坐り、頬を突いて石油ストーブの小さな窓の中の青白い炎をみつめていた。

「あのバラな」と、男がチラと洗いオケに眼をやって言いかけた。

「ああ、あのバラにね」と妻が夫の言葉を途中で奪った。「口紅がついていたわよ」

「口紅？」男の眼に花束を抱きかかえた女の姿が浮んだ。何かの拍子に女の口紅がついたのだろう。

「妙だな」

「そうかしら」妻はおかしな眼つきで言った。

「思いあたらないものな」男はとぼけた。

「今までどこにいたの？」詰問調ではない訊き方だった。

「仕事がのびてさ、ちょっと飲んだけど、十時には六本木を出たよ」十時に六本木を出たのは事実だった。

「でも一緒だったんでしょ？」

「誰が」

「女のひとよ。口紅つけたひと」妻の眼が光った。「嘘つかなくてもいいのよ。わかるんだから。嘘ついても駄目よ。逆に何かあるって疑うから」

「一度も逢ったことのない女だよ、中年の」

「そのひとと、飲んだの？」

「成行きでね」しかしその成行きを説明しても、絶対に妻には理解できまいと男は思った。

「しかし飲んだだけだよ。何もないよ」

「わかってるわよ。何かあったら、ちゃんとわかるわよ」妻は少し苛立たしそうに呟いた。

「その口紅、何時ついたのかしら？」

「タクシーの中だろう」と男は言った。

「一緒にタクシーに乗ったの？」

「成行きさ」

男は一瞬黙った。妻の眼が自分をみつめているのがわかった。

「ホテルでしょう？」ゆっくりと妻がホテルという言葉を発音した。男はステーキの一片をよく嚙まずに飲みこんだ。

「ホテルへ行くつもりだったんでしょう」

「しかし行かなかったよ」男は観念したように言った。

「わかっているのよ、行かなかったこと」

男は眼をしばたたいて、皿を押しやった。

「ケーキ食べる？」不意に妻の語調が変った。男はいらないと答えようとしたが、口をついてでたのは、

「ああ、もらうよ」という言葉だった。妻は食卓に両手をついて立上ると、半分ほど残ったステーキの皿と、一口も口をつけられなかったインスタントコーンスープのカップを、流しへ下げた。

「どうして急にホテルに行かないことになったの？」

流しで汚れものを洗いながら、妻が淡々と聞いた。バラの花束に、汚れた湯がかかった。

男は海の件を思いだしたが、そのことには触れたくなかった。それから彼は女の小さなやせた膝がしらの感触をまざまざと自分の掌に感じながら言った。

「現実が立ち戻ったのさ」

妻は皿を洗い上げると、冷蔵庫の中からケーキの箱を取りだして、夫の前に置いた。

「ホテルに行かなかったからといって、何もなかったことにはならないのよ、わかる？」

と妻は四角いフタをそっと取りのけながら言った。

「その女とホテルへ向おうとしたその段階で、裏切行為は行なわれたことになるのよ。そのこと、あなたにわかる？」

それから彼女は「どれくらい？」とケーキにナイフを入れながら訊いた。

ケーキにはすでに二つ分の切りとられたスペースができていた。

「少しでいい」男は答えた。

妻は赤い小さなキャンドルを抜きとって、切りとったケーキの一片を夫の前に置いた。

夫婦はそれぞれのベッドの中にいた。男の瞼には、流しの暗がりの中で汚水に突っこまれたままの黄色いバラが、くっきりと焼きついて離れなかった。

妻が十分ほどの間に三度寝返りするのが夫にもわかった。彼は、その日の儀式の最後のことがとり行なわれていないことを意識していた。

その時、妻が深々と溜息をつくのを夫は聞いた。ついに彼は、自分をふるいたたせるような思いで、妻の躰へと手を伸ばした。

不倫の理由

家の中では音楽が鳴っている。ケニー・ロジャース。夫の親友と深い仲になった人妻の心境を唄っている。

葉子はアメリカン・カントリー・ミュージックが好きなのだった。とりわけ、ちょっとメソメソしたような声のケニー・ロジャースが。

夫の暁生は、カントリーウエスタンなんて、色気のない音楽だと頭から馬鹿にするが、ケニーだってウェイロン・ジェニングスだって声に淡い色気があると葉子は思っている。

ああいう声の質はコーケイジョン特有のもので、いかにも大きな男の胸板の厚さを感じさせる。男っぽくて、埃っぽくて、温くて粗野で、父親のようでそれでいて未知の異人種といった感じ。

ケニーの声を聞くとすぐに、胸から下腹にかけて煙のようにおおっている体毛を思い浮かべる。薄い茶色で縮れていて、触れると絹のように柔らかで。むろん葉子の想像だ。白人の胸毛に触れたわけでもないし、間近に近々と眺めたわけでもない。

夫には胸毛がない。だいたい体毛自体の薄い人で、全体につるっとした感じだ。先祖は蒙古系なのだろう。後をひっくり返してみたら尻の上にまだ青斑が残っていそうな感じ。

葉子はベランダで洗濯物を干す手を休めて、抜けるように青い冬の空に眼を細める。

ふと、何かが躰を通りぬける。何だかわからない。薄い刃物のようなものが、すっと斜めに彼女の肉体を過っていったような具合。

ずっと前、最初の子供を生んで一週間した時、ふっと覚えたのとよく似た一抹の泡立ち。赤んぼうをベビーベッドの中に置き、そっと覗きこんだ瞬間に、何かが彼女の中を白い影のように通り過ぎたのだった。

理不尽にも涙がこぼれてとまらなかった。夫はそれを若い母親の感激と受けとって疑わなかったが、ほんとうはそうではなかった。むやみに悲しかった。そして得体の知れない不安感で彼女の胸は圧しひしがれそうだった。

ずっと後にそれが出産直後のホルモンの影響による心理的動揺であるとわかった。彼女だけでなく、若い母親は多かれ少なかれ体験することらしかった。

しかし現在は出産直後というわけではない。二人の子供たちは共に小学校に通う年齢に達していた。おかげでヨガとテニスに通い、フランス菓子の講習会にも行っている。子供が手を離れたとたん、生きがいを失くしてアルコールや睡眠薬に溺れていく女もいるが——でなければノイローゼになって石のように沈黙してしまう憂鬱症になるか——葉子はその点非常に子離れが良かった。

現在ほど幸せな時はないだろうと信じて疑いもしなかった。住宅ローンの返済は順調だし、夫は健康で一応出世コースを上昇中だ。子供たちは二人とも私立の大学まで続いている小学校に入れる程度に出来が良く、来年あたりには夫の通勤用に使う車の他に、妻専用の小型車を買う予定もある。今年もお正月には奥志賀のホテルでスキーを一家で楽しむことになっている。テニスの腕もまあまあ上達しているし、週に一度は短大時代の女友だちと誘いあって、六本木や広尾の小さなレストランでイタリア料理やフランス家庭料理などを食べる。そして三時間は喋って喋りまくる。将来出来たら小綺麗なケーキの店を、自宅の一部を改造して出すことが、彼女の夢なのだが、まだ夫には話していない。子供が成長した後、まだずっと先のことになりそうだからだ。ソニアのニットドレスは買えないが——買って買えないこともないが、そのために他を極端にきりつめるのは嫌だった——ソニアと同じ縫製工場で作っているというニットのドレスが、ソニアのマークがついていないだけの違いで四分の一の値段で買えるルートをみつけた時には狂喜せんばかりだった。誰もわざわざ首の後を引っくり返して確めたりしないから、ソニアで通すことも出来る。そんなことがひとつひとつ女の生甲斐になる。

家の中は整理され、ゴミバケツも常にきれいに洗い上げてある。自分が満たされていなかったら、まずゴミバケツあたりが薄汚れてくる。満たされず不幸な女は、自分の不満や不幸に眼がくらんで、ゴミバケツに始まり少しずつ家の中が埃っぽく汚れていく。

ゴミバケツがピカピカで、今朝みたいに抜けるように青い冬の空で、ケニー・ロジャースのカセットが不倫な女の心情を唄い、来年には彼女自身のホンダかマツダの車が買ってもらえ、週に一度か二度夫婦の交渉があり、悩みといえば腹や腰の囲りの贅肉のことくらいで、これもテニスとヨガとでなんとか辛うじて彼女自身の美意識内すれすれのところで制えている。それなのにである。この突然の淋しさ。この胸の中の不思議な波立ち。微かな吐き気。躰のどこかにぽっかりと穴があいてしまったようだ。

〝昼は友だちで、夜になると愛人になる、夫の親友と。なぜ、彼女には二人の男が必要なのだろう？　夫と彼と〟ケニーの唄が続く。

葉子は気を取り直して、洗濯物を手の中でパンパンと叩いて、洗い皺を伸ばす。けれども、もうそれ以上洗濯物と対峙していることに耐えられないと感じる。カゴの中の残りのものをそのままにして、彼女はベランダから室内に入った。

来年はわたしの車を買うのよ、と自分に言いきかせる。ホテルでスキーのお正月。新しいスキーウエアをボーナスとへそくりで自分のために買うことになっていた。しかしこの憂鬱。おしつぶされそうな不安感。

病気かしら？　風邪でもひいたのかしら、と彼女は鏡の前に立つ。三十四歳の女ざかりの顔がある。まだ醜い脂肪をどこにもつけていない、十人並みの健康な姿態。日に焼けて。

何かで気を紛らわせたかった。友だちとお喋りするとか、家事は放棄してデパートへ出かけてしまい、バーゲンセールで気分転換を計るとか。

しかしそんな気分とは微妙に違う。

〝昼間は何食わぬ顔。夜は娼婦。子供たちをベッドに入れて、おやすみのキスをして、彼女は出かけていく。夫の帰りは遅い。ホテルルームへ通じる長い暗い廊下。何もかも終った後、彼女は自問するのだ。なぜわたしは夫と彼とが必要なのか、と。家に戻る。夫はまだ帰宅していない〟

安っぽい歌詞、安っぽい内容、安っぽい女だと葉子は思う。だけどなんとなくわかるのだ。その安っぽさ、その女の薄汚れた悲しみに、自分の今の心情を重ねてみる。

葉子は浴槽に湯を張って、いい匂いのするバスソルトを砕いて入れる。その中に身を浸すとわずかに気持が落ちつく。洗濯も半分干しかけたままだし、掃除機もまだかけていない。何もやっていないのに朝からお風呂に入るなんて、普段なら考えられないことだった。

贅沢にして後めたい感じ。顔に栄養クリームを塗っておいて髪を洗った。眼を閉じて、後頭部を湯ぶねのふちにのせ、浴槽に身を横たえる。

顔のむくみをとるために、インドのカモミールのティーバッグを湯にひたし、それをペタペタと額や頰に貼りつける。不思議に異国的ないい匂い。胸に薄い煙のような体毛をもつ人たちは、どんな匂いがするのだろうか？　夫の晩生には体臭というものが皆無なのだ。

朝風呂から出ると、髪をタオルでターバンに巻き上げ、バラ水で全身をマッサージした後白いタオル地のローブを肌にじかに着る。ケニーのカセットは〝ルシール〟に変っている。ベランダの一隅に干しかけの洗濯物が見えている。葉子は顔をしかめて視線を背けた。〝バーに女が一人。ふと見ると結婚指輪を外すところだった〟と、ケニーが唄う。葉子はキャビネットからブランディを取りだし、指一本分だけ、ブランディグラスではなく、ふつうのグラスに注ぎ、すぐには飲もうとはせず、そのトロリとした金色の液体をみつめる。〝若い男が寄って来て、女に酒を一杯おごる。名前を訊く。女が答える〟葉子は自分のカマボコ型の結婚指輪をじっとみる。彼女はブランディを口に含んだ。安全の象徴。安定した暮らしと、安定した性生活のシンボル。吐き気がする。そして居間の中を眺める。

敷きつめたグレーのカーペット。低い北欧調の家具。同じ北欧調のダイニングテーブル。伊万里の食器。マダムやミセスやクロワッサンの頁と同じだ。隣の家は違うかもしれないが、どこかのマンションや、どこかの一戸建ての家と同じだ。日本中にきっと同じグレーのカーペットと北欧調の低い家具と、ダイニングテーブルと伊万里の器で暮らしている人たちが、たくさんいるのだろう。再び吐き気が強まる。マットレスを二つ重ねた似たようなベッドが、似たような狭い寝室に大きな顔をして横たわり、似たようなストライプのカーテンから似たような斜めの日射しが射しこんでくるというわけだ。そして夜ともなると似たような男たちが、似たような習慣的な情熱と諦めの感情とをもって、似たような黒い髪の女たちを愛撫する。よく似たやり方と順序とで。夜のあちこちの部屋からうめき声や啜り泣きやよがり声がいっせいに上がる。

その時葉子は思うのだった。もうずいぶん長いこと、わたしは夫に対して欲望など感じていなかったのではないかと。欲望もなく身をまかせて来たのではないかと。知恵と習慣とだけで、あのことをやってきたのではないかと。

あのぞくぞくとするような最初の卑猥(ひわい)さは、どこへ消えてしまったのだろうか。お互いの躰に触れたり、まさぐったり、揉(も)んだり、いじったりする際に覚えたあの制(おさ)え難いぞくぞくとする感動は。

〝女と若い男とはバーからホテルのルームへと移っていく。女はちょっとそこいら辺ではお目にかかれないくらいの美人だった〟ケニーの〝ルシール〟が続く。

このまま年取りたくはない、と不意に葉子は思った。このまま朽ちたくは断じてないと。

赤いホンダのシビックがどうしたというのだ? この北欧調の家具だって。北欧調ではあるけれどあくまでもイミテーションのまがいものであって北欧の本ものではない。スキー場のホテルでのお正月に起ることなんて今から想像がつく。冷いおせち料理と塩気の薄いおぞうに。二人の子供たちが熟睡するのを待って、夫の手が伸びてくる。狭いシングルベッドでのもそもそとした性行為。夫のつるつるとした毛のない胸や腕。無臭。そして葉子はあの際演技をする。つまり快楽の演技を。早くすませてしまいたいために。

葉子は髪にドライヤーをあて、いつもより念入りに化粧を始める。

世の中にはもっと違う生活があるはずなのだ。短大時代の友だちのヨシコはフィアットのスパイダーという赤いスポーツカーを乗り回している。幌(ほろ)がベージュで、夏になるとオープンカーになる奴(やつ)だ。

別の友だちはネパールやラングーンやモロッコやチェンマイやエジプトを旅して来た。そこで見た夕日の美しさを情熱的に語っていた。

しかし葉子はフィアットのスポーツカーが欲しいわけではない。モロッコやエジプトの夕日が是が非でも見たいわけでもない。一晩だけ、夜とは言わないが、一度だけ、結婚指輪を外してみたいだけなのだ。演技ではなく、本物の快感のうめき声をあげてみたいのだ。

和子という女友だちには情人がいる。彼女が葉子より美人だというわけではない。背も低く、へんな笑い方をする女だ。彼女は女というよりは三十四歳のおばさんに見える。にもかかわらず彼女には五歳年下の男がいて、週に一度は逢(あ)っているという。

彼女の夫は中小企業のまだ係長だから、和子の若い情人はお小遣いめあてのジゴロではないことは確かだ。誰も逢ったことはないから本当のことは知りようもないが、和子が言うにはその男はちょっと郷ひろみに似た甘いマスクをしていると言う。

彼女はやっぱり子供を二人生んでいるから、あそこの状態だって必ずしもいいというわけでもないだろうから――ということが和子が欠席した昼食会で、一度話題の中心になったことがあった。つまりそういう時に、女だけの集りという気安さから、話が落ちるところまで落ちてしまうということはよくあることなのだ。

女たちに浮気の願望があることは、これはもう毎回の昼食会(ランチ)の会話から明々白々の事実であって、チャンスさえあればしたいと女たちは思っている。葉子も例外ではない。もっとも彼女はそういう時に、わたしもそうよ、とは口に出して言わないタイプなのだが。

にもかかわらず、葉子を含めてグループの人妻たちが浮気に走らないのは、まずそのチャンスがぜんぜんないからである。浮気の相手になりそうな男が周囲にいないのだ。というより男そのものが、身近に存在しないのだった。

——あたしなんて嫌になるわ、この一週間で口をきいた男がたった一人よ、とフィアットの持主が言った。フィアットほどの車をもっている女が、である。それも十四歳の新聞配達のボウヤなの。亭主は最初から男の勘定には入っていないのだ。男に巡り合うチャンスが皆無に等しいことは、まあ置いておくとすると、次に問題になるのが、浮気の発覚の恐れ。これでまず尻ごみをしてしまう女が多いのだが、モロッコやラングーンを旅して来た女がこんなことを言った。

——だけどね、それよりも何よりも、つい臆病(おくびょう)になっちゃうのは、あそこの状態よ。子供を生んでるでしょう、絶対にゆるくなってるんだから。

一瞬ぎくりとした表情が全員の顔に浮ぶ。しんとなる。

実は私もそうなのよ、本音を言えば、と誰(だれ)かが沈黙を破った。浮気をしたいとは思うのだけど、そのことが心配で、つい消極的になってしまうのだ、と。一人が沈黙を破ると私もそうよ、私も、私も、とみんなが口々にそれを認めた。

だから和子の何がそんなによくて、五歳も下の男が彼女にくっついているのだろうというのが、和子のいない所での女たちの興味の的だったのである。

その和子がつくづくと言うのだ。不倫の関係って、それはもうめくるめくような快感よ、と。人眼を忍ぶわけでしょう？　夫に隠れて後めたいわけでしょう？　その不便さとか、チクチク痛む良心の呵責(かしゃく)とかがあるから、情事があれほど燃えるのでしょうねえ。

だがその時は、なぜ和子が不倫の恋に走るのか、その理由がわからなかった。週に一度か二週に一度、六本木あたりのフランス料理屋で、三千円近いランチを食べる――食前酒と税金とサービス料を入れるとたいてい五千円近くになる――程度に生活にめぐまれ、夫に若い愛人がいるわけでもオフィスラブにうつつをぬかしているわけでもないらしい。適当にめぐまれ、中にはフィアット組やラングーン旅行組のようにかなりめぐまれた者もおり、夫婦の仲はまずまずで、幸せな人妻たちなのにである。

幸せだからよ、と、こともなげに和子は答えた。自分が幸せで適当に満たされているから、他の男を愛するゆとりがもてるのよ、と。

他の女たちは即座に異議をとなえた。幸せで満たされているからこそ浮気をするなどという理論は納得できなかった。葉子も同様だった。

浮気に走るのは、たとえば夫に愛人がいるとか裏切られたとか、気持がすさんだ時なのではないかと、フィアットの女が言った。夫への怒りとか憎しみが逆エネルギーにならないかぎり、女はなかなか道を外せないものなのよ、ねえ。葉子も全くそれに同感だった。ところが今、和子の言うことがよくわかるのだ。葉子は鏡の中の自分の姿をまじまじと凝視する。唇がいつもより赤く毒々しい。

ゴミバケツと同じことなのだ、と思った。生活にゆとりがあり、将来に何の心配もなく、現在を楽しく生きているからこそ、ゴミバケツの底まで磨きたてる心のゆとりが生れるのだ。男だってきっと同じことなのだ。きっとそうだ。わたしはそれにたった今気づいたのだ。干し物をしている最中。

葉子はクロゼットの中から、ソニアまがいの黒いニットのドレスを取りだした。スリットがスカートの後と、胸元に深く切れこんでいるデザインで、着こなしによっては少ししどけない風にもなるものだった。彼女はそれに合わせて黒いレースの上下の下着を選びだし、鏡の前で身につけ始めた。

彼女は自分がこれからしようとしていることに対して、何か理由が欲しいと思った。和子のように、けろりと、幸せだから浮気をするのよ、と割り切れないものがあった。

——胸毛のないつるりとした胸。無味無臭な体臭。清潔で、安心できて、次に何をどうするかわかる性愛の順序。

妻が演技をする際、それを見破れない夫に対する漠とした憎しみ、軽蔑(けいべつ)、怒りなどが透けて見えた。

そして演技をする自分自身に対する怒りもあった。夫に対して、ああしろ、こうして欲しいと言えない自分に腹が立つ。そこがいいとか、そこは感じないとか、欲求を口に出して言えないのはなぜか。

子供たちが生れると同時に、その子らの父親となった男に、女は果して本気で欲情することができるだろうか？　それが疑問だった。あの子たちの父親と卑猥な情欲のとりこになどなれるだろうか？　もしかしたら理由はもっと別なところにあるのかもしれないが、生活や税金やローンや子供の教育で頭を痛めあっている者同士が、夜になったからといっていきなり日常の顔をかなぐりすてて、野獣と娼婦に変貌するわけにはいかないのだ。絶対に。それが原因だろうか。葉子にはわからない。

わかっていることは、娼婦になること。ああして欲しい、こうして欲しい、そこを広げて指を滑りこませゆっくりと回すようにまさぐってちょうだい、と口に出して言えること。そういう相手。ゆきずりの男。

家があって、生活に何の心配もなく、夫がおり、子供がいる。来年には二台目の車を所有し、スキー休みがとれ、家の中がぴかぴかに片づいている。夫との週に一度か二度の夫婦の関係があり――回数の問題ではなく、そのことが体現する程度に夫婦が、まあうまくいっているということだが――テニスとヨガをやる、それだけでは完全ではないのだ。卑猥な関係。夫以外に男が一人、どうしてもいるのだ。三十四歳のごく普通の生活をしている女には。それで彼女は完璧に満たされる。たとえば和子のように。

葉子は鏡の前を離れる。ケニー・ロジャースのカセットがちょうど切れたところだった。

映画を観て、銀座の大増でゆっくりと松花堂弁当を食べた。その後デパートを歩きまわり、ティーサロンで紅茶とケーキを前に一時間ほどつぶした。

映画館では、暗くなるとすぐに男が横に坐った。坐るやいなや腿を押しつけてきた。ちらと見ると大学生みたいだった。

大学生が嫌というわけではなかった。映画館の暗闇で腿を押しつけてくるような男の情欲の貧しさが、薄寒かった。若い男の左手が、葉子の膝に触れ、ゆっくりと上っていく。彼女は次の瞬間、憤然として立ち上り、そのまま反対側の前方に席を移った。今度は気をつけて通路側に坐り、横の空席にコートを置いた。映画館に男をひろいに来たわけではないのだ。でもなぜ、そこにいるのかを訊かれても、彼女は本当のところ返事に困る。『スワンの恋』という映画は、特に見たかったわけではない。プルーストを読んだわけではないから、それが『失われた時を求めて』という小説のどこかからとられたストーリーだと言われてもぴんと来ない。主人公のイギリス人の俳優が——フランス語を喋っているが——上半身をはだけた時、煙のような体毛が胸をうっすらとおおっているのが見えた。しかしスクリーンと自分との距離感があるので、何も感じない。

十九世紀末のフランス貴族社会の退廃ぶりも、知的スノッブの滑稽さも、彼女には遠いことだった。ただ映画の結末は鮮烈なショックだった。二十四時間、狂気のように娼婦のような女を恋いこがれとうとう自分のものにした瞬間、男は何もかも終ってしまったと感じるのだ。始まりが終りだった。

にもかかわらず、画面は突然十年後のある日を映しだす。終ってしまったはずの女――娼婦――は彼の妻となっていた。十年たった男の疲れと諦めの滲んだ姿が脳裏に焼きついた。

結婚というのは、恋の終りなのだ。命がけの恋が終れば死しかない。スワンの結婚は死のようなもの。結婚生活に感動のようなものがほとんど存在しない点では、葉子にも何かわかるような気がした。

デパートを歩き回っている時には、サラリーマン風の男が、背後からすっと寄って来て、お茶でも飲みませんか、と訊いた。そのすいと寄る寄り方に、なれのようなものを感じとって、葉子は嫌悪を感じた。この男は、きっと昼休みになるとそうやって女に声をかけるのだ。スキのある人妻の背中を見分ける専門家なのだ。とすると自分は背中にスキを滲ませていたのだろうか。葉子はつんとすまして相手の顔も見ずに足を早めた。

デパートではもう一人男が声をかけて来た。ちょっとくたびれた感じの背広を着た五十代前半の男。両肩に見えない重荷のようなものがずっしりとのっているような落ちこんだ感じ。その肩の落ちこみ具合が葉子自身の父親に似ていないこともなかったので、彼女は内心ひどく怯んだ。

四時近かった。喫茶店は混んでいて、人々がたえず出たり入ったりしている。葉子は深い疲労を覚えていた。

もし仮に、映画館のあの大学生と、あんなふうな出逢いさえしなければ、もしかしたら別の発展がありえなかったわけではないかもしれないと、彼女はふと考える。いきなり無器用に太腿を押しつけてきたり、脂っぽい掌で膝を撫であげたりしなかったら。ちらと横眼で睨みつけたかぎりでは、色浅黒くひきしまった横顔をしていたのだ。多少眼が上ずった感じだったが、あの状況では少しくらい眼が上ずるのは仕方がない。

しかしあんな映画館での接触から恋が生れるのはたまらない。

あの父親に面影の似た中年の男は、どんな出逢い方をしたにしても、父親に似ているということで、決して何も起らないだろうが。そして最初のサラリーマンは、あんな風にすいと、いかにもその道のプロフェッショナル風な接近のしかたをしなければ――。

「ごめん、ごめん。待たせた?」

不意に前に男が立つ。

「突然電話でお呼びたてしまして」葉子が反射的に飛び上らんばかりにして、頭を下げる。

「お呼びたて、だなんて葉子ちゃん、それはないよ、他人行儀だな」雨宮が昔と変わらない笑顔で言う。

「あら、だって」葉子も急に以前のＯＬの口調を取り戻して肩をすくめた。「ずいぶん久しぶりなんですもの。どういう顔して逢っていいかわからないわ」

雨宮の表情がやさしくなる。「あいかわらず、綺麗だね。昔よりも数段女前が上っちゃってさ」そうやって眼の前の女を臆面もなくほめる口調も変らない。人の顔さえ見れば、「葉子ちゃん、今日デイトしよう」「葉子ちゃん、今日こそ俺と寝よう」などと同僚や上役が周囲にいようがいまいが、エレベーターの中といわず社員食堂といわず彼女を口説いたものだった。

そのあっけらかんな物言いゆえに彼女は誘いに気軽に応じてきたし、その同じ口調のせいで、結局、シリアスな関係になることはなかった。

「こんな時間に来て頂いて、大丈夫ですか？」ほとんど十年ぶりに見る昔のデイトの相手を、昔とは少し違った見方で眺めながら、葉子が言った。「葉子ちゃんのためなら、何でもするよ」雨宮が笑う。「僕の方は外を飛び回っている仕事だから、時間は自由になるんだ。それに比べると葉子ちゃんは人の奥さんだし、夜になると出にくいんじゃないかと思ってさ」

それから改めて葉子を眺めて続けた。「それにしても、電話もらって、うれしかったなあ」と心からのように言う。「ねぇ、どういう心境の変化？」

葉子はちょっとドギマギした。

「あら、懐しかっただけよ。銀座に出て来たんで、会社のことや、みんなのことを急に思いだして。ほんとうに迷惑じゃなかった？」

「迷惑どころか、大感激」雨宮が伝票を取り上げた。「場所を移そう。ここは落着かない」

雨宮が案内したのは、そこから歩いて数分のホテルのバーだった。

ちょうど開店したばかりらしく人気（ひとけ）がない。

「さて、質問」と飲み物を置いてボーイが引き下り、二人が軽くグラスを合わせると、雨宮が言った。

「葉子ちゃんは今幸せ？」

葉子はふと微笑をうかべて小さくうなずいた。

「うん。だろうと思った。そう顔にかいてある」

「嘘（うそ）ばっかり」

「嘘じゃないさ」

「雨宮さんは？　ご結婚、なさったんでしょう？」

「うん、人並みにね」

「じゃ、お子さんは？」

「いるよ。でもお子さんのことはこの際いいじゃないか。それより葉子ちゃん、今夜は何時まで時間ある？」

葉子はチラと時計を見た。子供たちがそろそろ学校から戻る時間だった。

「わかった。あんまり遅くなれないんだね」と雨宮が彼女の胸の内を読んだように、先廻りをして言った。

「そんなことないわ。大丈夫よ」ついそう言ってしまって、葉子は後悔する。

「でもさあ、びっくりしたよ。サラリーマンしてるとさ、あんまり驚くようなことがないんだよね。葉子ちゃんに十年も放ったらかされっぱなしでさ」

「放ったらかしただなんて」

「でもほんとうに、そういう心境だったものな。突然、青天のへきれきみたいにさ、ある日、結婚しますからって辞めちゃって。覚えているかい？　きみが退社届けを出した前の夜、俺たち六本木のキャンティで食事したんだよ」

「覚えてるわ」雨宮こそ、そんなことをよく覚えていると葉子は内心驚いた。

「その時なんて、結婚のことなぞ俺に一言も言わなかったぞ」

「なんとなく、言いだせなかったのよ」

「それなのにさ、俺ばかみたいに熱心に葉子ちゃん口説いちゃってさあ。ほんとばかみたいにさ」ふと遠い眼をする。二人は少しのあいだ、それぞれの思いにひたった。沈黙が長びく。葉子が唐突に言った。

「あの映画見た？　ジャック・ニコルスンが元宇宙飛行士の飲んだくれになる映画」

「えっ？　ふいに又、なんの話？」

「いいから聞いて。シャーリー・マクレーンがその元飛行士の隣りにずっと前から住んでいた女を演じるの」

「見てないねぇ」

「二人とも十年くらい隣同士に住んでいて、ほとんど交際もないのよ。お互い適当にやってるなって感じで、お互いちょっと軽蔑しあっていて、そっぽ向いて何年も暮らしていたわけ」

雨宮が黙って煙草(たばこ)をとりだすと、口の端にくわえた。

「彼女にはボーイフレンドが三人も四人もいたし、彼の方にも派手でちょっとスキャンダラスな若い女たちが、しょっちゅう入れかわり立ちかわり出入りしていたの。ある時、ジャック・ニコルスンの元飛行士がひどく飲んだくれて、つい隣りの女、シャーリー・マクレーンに声をかけるの。

『よかったら、僕と夕食に出かけませんか』って？　有名なレストランの名を言うの。女はちらと男を見て歯牙(しが)にもかけないで嘲(あざけ)ってひっこんでしまう」

雨宮がマッチをすって、煙草に近づける。薄暗いバーの中で、口元が浮かび上る。

「そんなことがあったなんて、誰もが忘れて何年もたつのね。ある時、ほんとうにある時、ふっと彼女は何もかもがつくづくと嫌になるの」

「うん、なるほど」雨宮が煙を吐く。

「理由もなく、ただ、急に何もかもが嫌になってしまうのよ。わかる？」

彼はただ、かすかに肩をすくめて黙っている。

「嫌になる理由なんて何にもないのよ、生活には困らないし、家はあるし、いいボーイフレンドもいるし、ほとんど幸せなくらい、何もかも満たされているのよ。それがある日、洗濯物を干している途中で、ふっと何もかもが違って見えてしまったの」

葉子は不意に手を伸ばして雨宮の煙草をとり上げる。雨宮が無言でマッチをすって火を近づける。

「葉子ちゃん、いつから煙草を喫うようになった？」

「たった今からよ」葉子が静かに微笑する。

「初めてにしては、中々素敵な喫いっぷりだよ」

「だってそのために練習したもの」

二人が声をあわせて低く笑う。

「それで？　話を続けて」

「わたしの話、つまらなくない？」

するのよ。

「それでね、夜の庭に出て、シャーリー・マクレーンはふと隣りの家を見上げるの。ほんとうに偶然みたいに、ふっと見上げるの。それからゆっくりと歩いて行ってドアをノックするのよ。

元飛行士がねぼけまなこでやっと出てくる。やっぱり酔いつぶれて、ほんとうに薄汚い格好なのね。シャーリー・マクレーンが呟くのよ。『ねぇ、ニコルズさん。今でもわたしとあそこのレストランで夕食を食べたい?』」葉子はじっと雨宮の眼をみつめる。

雨宮の瞳に何かがゆっくりと過っていく。彼は黙ったまま葉子の手の甲に自分の温い手をそっと重ねる。

「わかった」ほとんど聞きとれない程の声。理解と痛みに似た悲しみの混った眼差しが、葉子に注がれる。「もう何も言わなくていいよ」葉子の手を握る男の手に力が加わった。

たった今、わたしは男を口説いたんだわ、と葉子は胸を泡立たせる。自分にそんな大それたことが出来るとは思いもしなかった。シャーリー・マクレーンにかこつけて、今でもわたしと寝る気があるかと訊いたのだ。

「いや」

葉子はそっと煙草の火を消す。

ホテルルームの部屋は薄暗かった。窓の外には夜景があった。葉子は、これでいいのだわ、と何度も胸の内で自分に呟きかけていた。

「シャーリー・マクレーンの話は素敵だったよ」と雨宮が背後から彼女をはがいじめにするように抱いて、首筋に口を埋めながら言った。「胸に手を突っこまれて、いきなり心臓を鷲づかみにされたみたいだった。がつーんと頭を撲られたみたいだった」

男の熱い口が項を這う。手が動いて彼女の着ているものをゆっくりと脱がせていく。窓の外で冬の夕ぐれ時独得の煙のような風景が、次第に蒼さを増している。

〝なぜ彼女には、夫と彼とが必要なのだろうか〟ケニー・ロジャースの声が葉子の耳に蘇る。彼女は無意識に結婚指輪を反対の指でもてあそぶ。そろそろ母親の不在を気にしだした二人の子供たちの顔も浮かぶ。

ホテルルームに入ってくる前に、なぜちょっと電話をしてやらなかったのかと、痛切に悔やまれる。雨宮の息が荒くなる。

子供たちだけで留守をする時には、石油ヒーターに触れてはいけないと言ってある。空調暖房の方だけ使うように、と。地震や火事が恐ろしいからだ。

母親がちょっと近所まで買い物に出た留守に、火事が出て、子供たちを焼死させたというニュースが時々新聞に出る。葉子はチラと腕時計に眼を走らせる。言われたとおりに、石油ヒーターに触っていないといいのだが。

だが、今逃げ帰るわけにはいかないと、彼女は思った。今あの満ちたりた生活の中へ逃げ帰ってしまったら、一生あれが続くのだ。満ちたりた痛みが。幸せな空虚が。

葉子は自分をけしかけるようにして、雨宮のネクタイに手を伸ばして、外しかけた。よく映画で、ホテルルームに入るなり、男は女のタイトスカートを腰まで引き上げ、女の方はもどかしい動作で男のズボンのベルトを外し始めるというシーンがあるが、葉子としては、まずネクタイあたりから始めるのが自然であった。

しかし彼女は、男のネクタイを緩めながら、自分に対して小さな失望を味わっていた。ぞくぞくするような淫らさを、自分は求めて出て来たはずなのに。

そんなつもりはないのに、彼女は外したネクタイの裏を返してメーカーの名を見た。タックルはついていない。手触りの感じから、スーパーマーケットのバーゲンで千五百円程度で売っているネクタイだと思った。彼女はそれを椅子の背に流しかけた。

雨宮は彼女のスカートのカギホックに手まどっている。彼女は彼のYシャツのボタンに指をかける。Yシャツの衿の先が、ほつれかけている。ふとそこから生活が匂い立つ。裾の方のボタンがひとつとれていてない。

夫の暁生は「クリーニング屋からYシャツが戻ったら、ビニール袋を破いて、ボタンがとれているかどうかよく確認しておけ」と口ぐせのように言う。葉子はそれを無視する。Yシャツのボタンがとれていないかぎり、夫は不満をそれ以上声には出さないが、ひとたびとれていることを発見したりすると、そのシャツは彼女の顔めがけて飛んでくる。雨宮はどうするのだろうか、と葉子は思った。夕方の風景の中にネオンサインが点滅しはじめる。

雨宮はまだスカートのホックに手まどっている。彼が自分の無器用さにではなく、彼女のスカートのホックに腹を立て始めているのがわかる。指に強引な力をこめる。葉子が手を貸して、簡単にジッパーの上の小さなカギホックを緩めて外す。男がスカートのジッパーを引き下げる。そしてまるでおろした魚の皮を一気に剝ぐような具合に、スカートだけではなくその下につけているパンティーストッキングとパンツごと、彼女の着ているものを引き下ろす。

葉子は自分のくるぶしの周囲でとぐろを巻いている彼女自身のスカートやパンティーストッキングの不細工なかたまりを、足先で蹴っとばしておいて、男のベルトに手をかけた。

なにかが違っているような気がしてならないのだった。彼は荒い息をして彼女の首筋に口を這わせるのだが、彼女が求めているものは、そんなやり方ではなかった。夫と同じようなやり方ではなかった。

荒々しい優しさといったもの。ジッパーのホックなどに手まどったりせず、たとえばいきなりベッドではなく床の上に彼女を押し倒し、スカートをずり上げるのももどかしく彼女の両腿の間に分け入り、自分のジッパーを押し下げ男のものを露出させ、有無を言わさぬ強引さで彼女の中にそれを突きたてる。

そして彼女の歓び、彼女の快感になど一切かまわず、ただ彼の歓び、彼の解放だけを求めて、ひたすら突きまくる。そして一気に果てる。

そしてこう言うのだ。ごめんよ、自分だけいってしまって。だけど凄かったよ、ほんとうに凄かった。

あらいいのよ、と女が答える。私の方は次の時でいいのよ。いくのは必ずしも大事なことじゃないわ。次の時まで貸しということにしておくわ。

あといくら、僕はあなたに借りがある？

人間が一生に六千回セックス出来るとして、あと五千九百九十九回の貸しよ。

それじゃいますぐに次の借りを返すよ。再び男が始める。今度は溢れるほど優しく、ぞくぞくするほど淫らに。

「何を考えているの？」と雨宮が耳元で訊く。

「ううん、別に」と葉子がどうしようもなくさめた心をもてあましながら答える。

雨宮もまた夫と同様に胸に毛がない。

彼は少しくたびれた感じの白い下着を脱ぎ捨てる。幅広いゴムの一部がのびかけている。

彼女はそれから顔をそむけ、自分から進んで雨宮の胸に顔を寄せる。彼は彼女に愛撫を加え始める。

男が一生懸命になればなるほど、彼女の気持はいっそうなえていくようだった。彼女はあえぎ始める。自分のあえぐ声に刺激されて、かろうじて肉体の中心がうるおっていく。男が彼女の両腿の間に分け入って、突き進んでくる。葉子は腰をよじりうめき声を高める。彼が腰を前後に揺らす。

横たわった位置から東京タワーの一部が見えていた。空はすっかり黒ずみ、タワーの電気が瞬いてみえる。風が少しあるのかもしれない。彼女は冷蔵庫の中味を素早く頭の中で点検し、帰りに駅前のマーケットで買い足さなければならない食品のリストを思い浮かべる。雨宮の眼が少し上ずったようになっている。彼を一刻も早く終らせるために彼女のあえぎ声がいかにも切なげに高まる。早く、早く。もう我慢が出来ないわ。早くきて。雨宮が、小さな、あっという、夫のによく似た声とともに果てる。

全てが終ると、葉子は少し怒ったように服を着け始めた。事実腹が立ってならなかった。彼に対してではなく自分自身に対する腹立ちだった。

そして同時にたまらなくわびしかった。雨宮が胸毛のない薄い胸にランニングをつけ始める。

「葉子、また逢えるね、僕たち」と彼が訊いた。

「ええ」と彼女が答えた。「私の方から電話をするわ」もう二度と電話をすることはないだろうと思いながら彼女は答えた。

二人は別々にホテルを出た。

今のは何だったのだろうか、と葉子は帰りのタクシーの中で考えた。何かが証明できたのだろうか？

今でも自分がまんざら女として捨てたものじゃないということがわかった。雨宮は心底もう一度彼女に逢いたがったし、出来ることなら二人の情事を続行した関係にしたいような口振りだった。彼女の女としての自尊心はそれで確かに満たされた。

タクシーは夜の渋滞の中をのろのろと彼女を乗せて、彼女を待っている子供たちのところへ運んでいく。小さな幸せがわたしの帰りを待っている。

しかし何かが変ったのだろうか？　雨宮との束の間の情事によって？　彼女にはわからなかった。ほんの少し自分が薄汚れてしまったような気がするだけだった。

不意に頭にひとつの思いが浮かんだ。確かなことがひとつだけあったことに気づいた。

——夫もまんざら捨てたものではないのだわ、と彼女は胸の中で呟いた。深い溜息(ためいき)が出た。それがわかったのだ、夫もまんざら捨てたものではないという認識、それがとりつけられたのだ。彼女はタクシーの椅子に深々と躰を沈めて、眼を閉じた。

蒸発

ドアを開けたとたん、コーヒーの微かな匂いが鼻についた。淹れたてのコーヒーがもつ特有のせつないような甘い香りではない。そこここにこびりついたコーヒーの残り香とでもいうべきか。

けれども家の中の様子は、入院する前にふと感傷にかられて眺めまわし、記憶に止めておいたのと唖然とするくらいぴったりと同じだった。

彩子が病院から退院して自宅へ帰ったのは、二十日ぶりのことだった。

居間のカーテンはレースの分を残して窓の左右に引き、同じ布で作った細ひもで蝶結びにして止めてある。その結び目に眼をやって、それが一度も解かれたことがないのを彩子は認めた。どこがどうと口では説明できないが、自分の作る蝶結びの形というものはなんとなく見分けがつくものなのだ。

本棚から本が取り出された形跡もない。普段なら週刊誌の一冊くらいは投げだしてあるのにそれもない。きれいに片づいているというよりは、さっと見渡したかぎりではこの二十日間夫がこの家で生活したような痕跡がない。

疑惑が募ってキッチンへ足を踏み入れると、先刻気がついたコーヒーの匂いが強まる。

カウンターの上に、見なれないドリップ式のセットが載っている。インスタントでさえ満足に作れない夫なのにと、不審に思いながら、彩子は、しばらく家を留守にした主婦らしい仕種で何気なく冷蔵庫の扉を開けてみた。

そこにも手をつけられたような気配がない。扉のポケットに並んだビールの数は四本。留守の間腐らないように真空パック入りのおつまみや漬け物類などが、入れておいたときの状態のまま重ねられている。念のため冷凍庫を調べたが、冷凍食品も減ってはいない。妙な気分だ。この二十日という日々がまるで存在しなかったような。

室内の様子がそうさせる。

しかし、彼女の下腹部には真横に十三センチばかりの傷跡があり、しかもそこにはたえまのない波状の鈍痛が打ち寄せていた。その下腹の薄い滑らかな脂肪の下は空洞だ。彩子の子宮は、男の拳大に膨張してしまった筋腫とともに切り取られて、今はない。二十日前にはそれはまだあった。異物を確実に秒単位で成長させながら、蒼ざめて血を流しつつ、彼女の中にあって根を張っていた。

彼女にとっては、この二十日というものが具体的な肉体の痛みとその喪失感として在るが、この家の中にはそれが認められない。ここでは時が、入院したときの状態そのままに停止しているみたいだ。ただ、時折ふいに、コーヒーの残り香のようなものが立ちのぼってきて、それが彩子に違和感を感じさせている。

玄関の方にようやく夫の勝の気配がする。車をガレージに入れ、彩子の入院中の物を入れたスーツケースと、見舞客たちが置いていった果物や鉢植の観賞用植物などで両手を一杯にしている。

あいかわらず気のきかないひとなんだから、お花のひとつくらい生けておくなんてことは金輪際思いつかないらしい。掃除ひとつしていない。ダイニングテーブルもシンクの周囲もどこもかしこも、降り積った埃だらけだ。彩子は文句を言いそうになるのをぐっとこらえた。退院そうそう口論を始めたくなかったからだ。それでなくとも下腹の重い鈍痛で苛々しているのだ。埃の厚さが彩子の不在の日々の長さを証明していた。と同時に、それは勝の不在をも証明しているのではないか？

手術の跡の疼きは当分続くだろうと医者が言った。何しろ人間の腹部を切り開いたんだから、痛くて当り前ですよ。

苦痛は海上の鉛色のうねりのように打ち寄せる。あれを失くしてしまうと、女はどんなふうに変っていくのだろう。

勝が入院中の彩子のものを玄関の上り口にひとまとめに置いたまま、キッチンに入ってお湯を沸かしている。さっそく習いたてのコーヒーでも淹れてくれるつもりなのだろう。それは勝なりの思いやりであり、愛情の表現であるのはわかるが、彩子が現在一番必要とするのは、少なくとも一杯のコーヒーではない。

疲労感が濃くなる。肉体の一部を失うということがこれほどまでの疲労感をひきずっているとは、病院のベッドに横になっているときには気づかなかった。

至るところを覆っている灰色の埃のせいで、彩子自身薄汚れたような気持がしてならない。洗面所に入って手指を神経質なくらい、ていねいに洗った。

ふと見ると、洗面台の上にほとんど空になった歯磨きチューブが転がっている。最後に見たときには三分の二ほど残っていたのが、ちょうど夫が朝と夜使った三週間の分量だけ減っている。勝がこの家で過さなかったのではないかという漠然とした不安が、一時でも自分の胸を過(よぎ)ったことが嘘(うそ)みたいに消えた。

夫がこの家で寝起きしていたことを証明する歯磨きチューブをみつめながら、彩子はしかし安堵(あんど)とは遠い気分の中にいた。元来、勝は身のまわりのことなどぜんぜんやれない男だったのを、せっかちな性分なので、つい見ていられなくなって彩子があれこれかまうので、家の中のことには手も足もでない、ダルマのような鈍重な男にしてしまったのだ。ずっと前何かで読んだことがあるが、妻に寝こまれた男が、やはり家事に全く不能で、インスタントラーメンばかりを食べ続けたあげく、栄養失調で死んでしまったという、笑っていいのか同情すべきなのかわからないような記事のことを思いだして、同じようなことが自分の夫に起らなかったのが不思議なくらいだと、一度も入った形跡のないタイル風呂(ぶろ)を眺めながら彩子は思った。

三週間のあいだ風呂にも入らず、カーテンにも触れず、冷蔵庫も覗かず、至るところに厚く降り積った埃の中で、一体勝は何をしていたのかと考えると、うっとうしさを拭えない。何かこう巨大なアミーバのような、動作が鈍重で無表情の、ねずみ色をした原生動物が眼に浮ぶ。

「犬でも飼おうかしら」勝だけと対峙して生きていくこれからの長い時間を思って、彩子は、洗面所の鏡の中の自分に語りかけた。

「犬、飼おうかな、小さいの」と、彼女はキッチンの勝に声をかけた。

「よしとけよ」と、彼は濾紙へ碾いたコーヒーの豆を入れながら、にべもない。「今までだって、そんなものなしでやってきたんだ」

夫に反対されると、かえって何がなんでもという思いにかりたてられる。何か小さくて温くて柔らかいものを胸にかき抱きたいという欲望がむらむらと湧き起る。

「これまでとは別よ。子供が産れないのと、もう産めないのとは全然違うことだわ。万が一にも可能性があったときには、犬のことなんて考えたこともなかった。犬なんてはぁっはぁっ熱い息を吐いてうっとうしいと思っていた。だけど、百パーセント望みが絶たれてみると、せめて小犬でもと思うのよ、女は」

勝の白い手に、秋の午後の陽光があたっている。透明な、よく磨きこんだナイフの刃先のような、ひやりとする日射し。やたら淋しい。いっそのことひと思いに冬になればいいと思う。夫は反対らしいけど、やっぱり犬を飼おう、ベンジーみたいな茶色の縮れ毛の小犬。彼女は洗面所に近い陰の中で、ひそかに決意する。

「コーヒー薄めに淹れようか」勝は傍のガステーブルの上で沸騰しはじめた湯を、陶製のポットに移しながら妻に訊ねる。

陰の中からひえびえとした日射しの中に出ていきながら、彩子は、

「いつのまに、そんな本格的なこと始めたのよ」と、言外に、あなたらしくもないじゃないの、という意味を含ませて言った。

彩子の夫はすぐに質問には答えない。ポットの湯を、濾紙の中でこんもりと盛り上っているコーヒー豆の粉の上に、細心の注意をこめてまわしかける。輪を描くように、慈しむように。

濾紙の中でコーヒーの豆の粉が膨らむ。なんとも言えぬ香ばしい匂いがたちのぼる。勝の小鼻が喜びと緊張とで膨らむ。ああこのひと、わたしが病院で呻っている間に、ちゃっかりと自分の小犬をみつけたんだわ、と彩子は思った。さしあたっては慰めてもらいたいのは彼女の方なのに、勝はまず自分を慰めるものを探しだしてきたのだ。

いったん膨らむだけ膨らんだコーヒー豆の粉が、ゆっくりとしぼんでいく。濾過器にあいたひとつの穴から、下のカップへ落ちるコーヒーの音がする。

すっかり粉が沈みきって褐色の粘土のようになったところで、勝はもう一度、今度はポ

ットの湯を眼の高さから、落下の勢いを利用して落し始める。眼に力がこもり、顔が光を帯びて別人のように見える。

それにしても、この一連の淀みない動作はどうしたものかと、彩子は怪しんだ。勝らしくない。鈍なアミーバ人間の夫が、人が変ってしまったように眼を輝かせて、けっこう器用にドリップ式のコーヒーを淹れているのだ。

「馴れたものじゃないの、いったいいつのまに練習したの」

「君が退院したときに、何かしてあげられることはないかと考えてみたんだ」

白い陶製の濾過器をとり除くと、薄手の磁器でできた茶碗のふちすれすれまでコーヒーが入っている。今にも溢れそうだ。やっぱり無器用なのよ、このひと。どこかぬけている。受け皿に零れるじゃないの。糸底が濡れて、ぽたぽたとコーヒー液がたれる図を思い浮べて、彩子は顔をしかめる。

勝はなみなみと入ったカップを受け皿ごと手にとると、ダイニングテーブルまで運んでいく。途中で何度も茶碗のふちから溢れそうになるのに、溢れない。細いさざ波をたてながらもコーヒーはふちを越えないでふみとどまる。

勝がいかにもさりげなくやってのけたので、実に簡単そうに見えるが、ほんとうは器にすれすれ一杯注がれた液体を、一滴も零さずに運ぶのは至難の技だということを、家事をやってきた彩子は知っている。彼女の顔が、狐につままれたような表情になった。マキシムあたりの給仕がやってのけるのならともかく、勝だということで自分の眼を疑う。彩子が試しに手を出すと、カップの耳に指先が触れただけで、向う側からコーヒーが溢れ出た。自分の失策でもあるのに、かっとして彩子が夫を見上げる。

「何よこれ。こんなにいっぱい注いじゃって」

勝は困ったような顔もせず、

「そうでもしないと、君はすぐに砂糖だ、クリームだと入れるじゃないか。まず、ブラックで一口味わってもらいたかったんだよ」と、とろとろとした口調で答えた。

「ブラックで飲むにしたってねえ」

口をカップの方へもっていくしかないじゃないかと、彩子は思った。「第一、コーヒーをどうやって飲もうと勝手だと思うわ。好みを押しつけられたんじゃ、かなわない」

勝は黙って、クリームと砂糖を出してくると妻の前に置いた。

「せっかく本格的に淹れたのに」と、まだ未練のある口振りで、「まるで味もみずに出て来た料理へいきなり塩をぶっかけるのと、同じじゃないか」

彩子はそれには答えずに、クリームと砂糖が入る分だけ、コーヒーの上澄みを飲もうとして、またしても失敗した。かなりの量のコーヒーが受け皿を汚した。見かねたように勝が言った。

「茶碗のふちのところに神経を集中させるようにするんだよ」

帰ってくるなり、つまらないことの細目に凝る勝に腹がたってならなかった。いきなり茶碗ごと床の上へぶちまけてしまいたい衝動にかられたが、辛うじてやめた。極薄の磁器でできたカップがいかにも高価そうだからだ。彩子は苛立ちながら受け皿のコーヒーを、ティッシュペーパーに吸いとらせて拭った。

勝はカウンターのむこう側に戻っていくと、同じ手順で自分の分を淹れ、わざとふちすれすれまでにして、

「みていてごらんよ」と言った。

コーヒーが表面張力で器から盛り上って見える。それをただの一滴も零さず、運んで見せた。

「信じられないわね」と、さすがに彩子も認めて、溜息をついた。

だからといって、それがどうだというのだろう。そんな手品みたいなものを見せられても彩子の心は少しも晴れない。笑う気にもならない。勝の今やっていることは、何の役にもたちはしない。道化だ。変にファナティックなものが行為のあるいは言葉のはしばしに感じられる。どこがどうと口で説明できないのがもどかしい。

眼の前にいるのだが、勝の存在感が薄い。何かに気をとられており、一貫して上の空といった感じ。一度もまともに妻の顔を見ようとはしない。それなのに、ドリップ式のコーヒーを淹れているとき、濾紙の中に注ぐ勝の眼の優しかったこと。妬いているわけじゃな

い。まさかコーヒーなんかに。要するにうさんくさいだけ。

「コツがあるとすれば、零れるんじゃないよと、コーヒーに言いきかせるってことかな」

彩子は片方の眉を上げて、怪訝な顔つきで夫を見た。

「へえ。そう言いきかせると、コーヒーが言うことをきくってわけなの?」と嘲った。

「君は信じないかもしれないけど」と、勝は同じことにこだわる。「やっぱり零れるんじゃないぞと、しっかり言ってきかせるとしか、言いようがないなあ」と、遠くを見る眼つきになる。

流動体は驚くほど素直だから。ほとんど言いなりなんだ。むろん、愛情は注いでやらなければ。思い入れをこめて、言い含める。こっちがいい加減じゃ相手も言うことをきくわけがない。

「そんなつまらないこと。ばかばかしいったらありゃしない。コーヒーに零れないでくれって命令するばかが、いますか」

鼻白んで彩子がめんどくさそうに言った。横になりたい。頭の中で血が薄くなるような気分。少しむかむかする。

「ちがうよ、そうじゃない。命令するわけじゃない。あくまでも言ってきかせる。言い含めるという感じなんだ」

勝の口調が熱を帯び、それからふいに途切れる。

思い直したように、彼は自分で淹れたコーヒーを一口啜った。口にいったん含み、舌の上を転がすようにする。それから鼻から深々と息を吸いこむと、ごくりと音をたてて飲みこんだ。喉仏が上下する。満足気に眼を細める。

ロアルド・ダールというイギリスの作家が書いた短編にでてくるワイン通の話を、彩子は思い出す。ワインの銘柄と製造年月を当てるまでの話だ。スリルをもたせるために、若い娘との結婚を賭けている。読み進むうちにワイン通の傍若無人なマナーを憎み始めたのを覚えている。憎みながらも眼を背けることができず、ぐいぐい魅きつけられていった。

勝のコーヒーの賞味のしかたには、あのワイン通に似かよったものがある。これはゲームだわ。それもひどく馬鹿げたゲームだ。こんなことにつきあっていたら、こっちまで変になると、彩子は夫の上下する喉仏から慌てて視線を逸らせた。

何気なくずらしていった彼女の視線が、キッチンの水道の蛇口の上で、止まる。見なれない金属の箱が蛇口の辺に取りつけられていて、それが色づき始めた午後の斜めの陽光を反射して、きらきら光っている。あれ、何かしら。

勝の視線が妻の後を追う。

「ああ、あのこと」と彼はできるだけさり気なく言おうとする。「フィルターさ。水の味がぜんぜん違うんだ。飲み比べてみる?」けれども語尾の方は、妻の攻撃的な言葉を予感してか、言い訳がましく、気弱くなる。

「でも高かったんでしょう」と、彩子の口調は味もそっけもない。

「それほどでもないさ。美味いコーヒーを飲みたければ、それなりの投資は避けられんよ。第一、水そのものの味がぜんぜん違うからね、もう普通の水は飲めないね」

だけどわたしたち、コーヒーの専門店をやっているわけじゃないのよ、と彩子は邪険な調子を変えない。「今までだって、そんなものなしでやってきたんじゃないの」

さっき勝が犬のことでにべもなく、よしとけよと言った後、そんなものなしで今までやってきたんだと、犬を飼うのに反対したのと全く同じ言い方で、彩子が言った。それに気づいた様子もなく、

「今まではインスタントを飲んでいたじゃないか」と、さも軽蔑したように勝が言う。

「ところがわたし、インスタントでちっとも不満じゃなかったわ」

止めの一撃。勝は貝のように口を閉ざしてしまう。彩子も言い過ぎたことをすぐに後悔しながら、手元のコーヒーに視線を落とした。もとを正せば、退院してきた彩子を慰めたいというのが勝の動機だったろう。彼女の方にしても、何も口論の種をみつけに家に帰って来たわけではなかった。彼女は黙って、夫が作ってくれたコーヒーを口へ運んだ。少し温度が下ってしまっているが、味は悪くない。最初に苦みが舌に感じられ、それからほどよい酸味が後味として残り、コクのある芳香が、鼻の奥へと抜けていった。悪くないどころか、勝にしては上出来だ。上出来すぎるくらいだ。彩子はようやく微笑した。

微笑の意味を正確に感じとったのだろう、勝の表情も緩んだ。二人の間にあったぎごちなさが、少し和らいだ。勝にかぎらず日本人の男たちは愛情の表現が下手すぎるのだ。口で言わなくともわかっているだろう、と男たちは言う。わかっていても、それを皮膚感覚として女たちは受けとめたいのに。今度だって、もし勝がもってまわったやり方で一杯のコーヒーを妻の前におくよりは、しっかりと抱きしめて慰めに満ちた言葉を語りかけてくれた方が、どれだけ救われる思いがするかわからない。

彩子の微笑に気をよくしたのか、勝が独りで喋りだす。

「もう、インスタントなんか飲む気がしないだろう」

コーヒーの味を決定するのは、何といっても豆の選択の良否にかかっているからね。八割は豆のよし悪しだね。あとは焙煎の良否と淹れ方のうまい下手が一割ずつ。

インスタントコーヒーは、胃を荒すよ。粉を飲みこんでしまうのがいけない。粉が胃壁を荒すんだ。

駒沢通りにひどく美味いコーヒーを飲ませる店がある。茜屋というんだけど。勝の舌が少しずつ滑らかになっていく。夫婦の語らいなんて案外こんなものなのかもしれない。一方が喋り、一方が聞く。けれども共通の話題なんてないのだ。常に一方通行。勝の話は退屈だ。

「通いつめたんでしょう、わたしの留守に」彩子は自分を嗾けるようにして、すねた言い方を演技する。ふるいたたせるようにしなければ、会話が成立しない。

「正直言うとね、通いつめたよ」勝は妻の方をチラッと窺ったが、彼女が何も非難がましいことを言わないので、先廻りをして言った。

「でもおかげでいろいろなことを覚えたよ。豆を分けてもらえるようにもなったし」コーヒーの豆は誰でも希望すれば買えるのだが、わざともったいをつけてそう言った。

「水道のフィルターのことも、そこで教わったのね」

ああ。他にも役にたつことを教わった。濾過器はプラスティックでなく陶器がいいとか。ネルより紙で濾した方がいいとかね。ネルだとどうしても長い間使っているうちにコーヒー豆の油分が染みついて、コーヒーの味が油臭くなるそうだよ。沸騰している湯を、いきなり粉へ注ぎ入れてはいけないってことも、そこで知ったんだ。なぜいけないかというと、コーヒーのうまみは83℃～90℃でひきだされるんだね。だからいったん温めておいた別のポットへ湯を移す方がいい。日本茶だってそうだろう。おいしく淹れようと思えば煮えたぎった湯は使わない。コーヒーも同じことだと言うんだよ。

「誰が？」彩子が口をはさむ。

茜屋のママがさ。コーヒーのうまみってのは、苦味と酸味の問題なんだ。勝は次第に饒舌になっていく。例のファナティックな感じが額からこめかみのあたりにかけて、影のように漂いだす。声が耳障りな濁音を帯びて湿っている。そんなふうに感じるのは、すべて彩子自身の精神状態のせいかもしれなかった。幾種類も飲んでいる薬の副作用だとも考えられた。

茜屋のママが面白いことを言うんだ。勝はとめどなく続ける。コーヒーにはその人となりがでるってさ。コーヒーは、つまりその人そのものなんだそうだ。

確かにそうだ。コーヒーはなんというか、とてもよく言うことをきくし、たち方をじっと見ていてやると、コーヒーがいい気持になって湯の中へ溶けでていくのが実によくわかるものなんだよ。

コーヒーは夫の逃げ場ではないか、と彩子はまたしても考えた。夫は自分だけの避難所をみつけたのだ。

それを逃避だとみなすとして、それでは彼に逃げださなければおれないような現実があるのだろうか。あるとすればそれは何か。彩子の中で不満がくすぶりだす。彼女は他人を見るような眼つきで、夫を眺める。

痩せて薄い胸。油けのない髪の一部が白くなりかかっている。それが始終額に落ちてくるのを、無意識に指先で掻き上げる癖。朝起きぬけに口臭が強い。胃炎なのだろう。勝の印象を一口で語るなら、どこにでもいる中年の男。ねずみ色の背広を長年ユニフォームにしてきたせいで、それを着ていないときでもねずみ色の染みをつけている男。わたしはいつから自分の夫をそんなふうにひややかに眺めるようになったのだろう。つまり、いつ頃から彼を愛さなくなったのだろう。

彩子は、夫の眼に自分がどう映るかと、考えてみる。おそらく同じように薄い胸をした小うるさい中年女にしか見えないだろう。印象を色でたとえれば中学校で英語の教師をしている彩子もまたグレー系統だ。母親になれない中年女と父親になれない中年男の組合わせ。要するに似合いの似たもの夫婦なのだ。初めから似ていたわけではない。お互いの中に自分の姿を投影して眺めあっているうちに、少しずつ輪郭が重なってきたのだ。今では字までそっくりに書く。

にもかかわらず、彩子は、突然、自分は夫について何も識らないのではないかという意識に怯えた。夫の中にある自分に似たものから、眼を背ける。

勝の勤め先の会計事務所の仕事がどんなものであるか、彩子はほとんど知らされていない。正確な給料の額も知らない。家計費としてまとまったものをもらうだけだ。夫は仕事の内容について話さなかったが、彩子の方でもこと詳らかに知りたいとも思わなかった。会社での憂さ話をもち込まないだけ、中学校の教師をしている彩子にはむしろありがたかった。自分のことでほとんど精一杯だったから。決算期の数か月を除いては残業もあまりなく、遅刻とか欠勤は皆無に近い。

同僚とのつきあいもあるのかないのか。酒を外で飲んでくるタイプではないが、誘われれば断われないはずだった。時々酒気を帯びて帰ることはあっても、乱れたことはない。

仕事に生きがいを感じていると言えないまでも、死ぬほど退屈しているような素振りもなかった。趣味もこれといってもたなかったので、一体何が面白くて生きているのか、と彩子は思ったし、事実何度か勝に面と向ってそう言ってやったことさえある。勝は例のとろとろとした苦笑を浮べただけだった。

彩子だって、教師の仕事に退屈する。時には死ぬほど退屈する。言ってみれば、学ぶ気の薄い生徒たちを相手に英語を教えるという空しい行為は、退屈の連続かもしれない。教科書の陰でひそかに欠伸を嚙み殺そうとして、眼に涙が滲むことは、毎度のことだ。それを偶然みつけた前列の女生徒が、山口先生泣いていると隣の子に囁いた。そう、山口先生は退屈のあまり泣く。

だけど真の原因は、彩子の手術にある、と、彼女はほんとうのところ、心の底でずっと考えている。それを認めるのが苦痛なので、先へ延ばそうとしている。男にとって父親になれないことが決定するということは、どういうことなのか、どういう混乱をともなうのか。彩子の想像にあまりある。彼女は夫の白い乾いた顔を見た。苦悩のあまり渋面を浮べているというわけではない。勝は案外ケロリとした表情でコーヒーについて、妻が聞いていようがいまいがおかまいなく、ぽつりぽつりと喋っている。むしろ楽しげだ。

「コーヒーが濾紙の中で、湯を吸えるだけ吸っていい気分になるよね。それから輪郭が山なりに膨張して」

湯は底の一点からすーと吸いこまれて、下の器へ落ちていく。その瞬間の気分たらないよ、僕自身が吸いこまれていくような。胸がドキドキするね、と彼は言った。ねえ、さっき君はばかばかしいと本気にしなかったけど。どうして僕がカップのふちからコーヒーを一滴も零さずに部屋中歩きまわれるかということだけど。「ねえ、君、聞いているの」

「聞いているわよ。それに零さないコツというのも何度も聞いたわよ」

「いざ言葉にして説明しようとすると、自分の耳にも奇妙に響くから、君が信じようとしないのは無理もないけどさ」

　勝は自分だけの避難場所を作り上げてしまったと彩子はまたしてもそう思った。置き去りにされたような気がしてならない。海上で溺れかけているとき、夫だけが流木につかまって、泳ぎ去ろうとしているのと同じことだ。勝の声が再び意味をなして彩子の耳に届く。

カップの内側で揺れているのは、いつのまにか僕自身に変っている。滑らかな磁器の熱い肌を、僕は頰っぺたにはっきりと感じとれるから、そうだと思うんだ。

「コーヒーカップの内側で揺れ動いているのが、誰ですって？」

　彩子は突然夫の言葉に注意を戻して、奇妙な探るような眼で夫を眺めた。

　勝は続けて二つ三つ眼をしばたたいて、

「それが僕自身なんだ」と、急にしょんぼりとして言った。「君が信じられないのは、わかるよ」

彩子は背に、ガラス窓ごしの日をたっぷり浴びているのに、少しも暖くないと思った。腰のあたりに風が吹きぬける感じがする。ソックスをはいているにもかかわらず、爪先が氷のようだ。そろそろ病院でもらってきた薬を飲んでもいい時間かもしれない。下腹の鈍痛が時々キリを揉みこまれるような疝痛に変る。痛み止めの薬が切れてきたのだ。

「僕の意識がカップ内の流動体と一体になって、つまり、コーヒーと同化して、零れまいとするんだ」

「いつまでもつまらないこと言っていないでお水をもってきてちょうだい」彩子は実のところ、夫をもてあましながら、そう頼んだ。

僕は熱いコーヒーの中で——、いやいや、僕自身がその熱いコーヒー液なんだ。茶碗のふちのところで、精一杯両手をふんばるんだよ。もっともコツがあるんだ。力をやたら入れるだけではだめでね、ある程度、揺れに躰をまかせてしまった方がいい。そしていざ、ふちから溢れ出そうになる寸前、身を縮める。こんなふうに。

勝は自分の胸の前で折り曲げたひじを、ぎゅっと絞るようにして、躰を縮めてみせた。しばらく縮んだ状態で凝縮したようになっていたのを、ふいに解くと、何事もなかったかのように、彼はキッチンへ立っていく。グラスに水を注ぐと、妻のところへ持って戻ってきた。

彩子は無言で十日分の飲み薬の入った紙袋を取ってくると、一回分の分量を掌に並べた。胃から喉元にかけて、何かがびっしりつまっているような感じがしてならない。痰ではない。つい今しがた、夫が縮こまった状態でじっとしているのを見た瞬間、それがそこにからまったみたいだ。

粉薬は辛うじて喉を通ったが二種類のカプセルと丸薬がつかえてゲエッとなった。ようやく呑みこむと、彩子は眼に涙を滲ませて、窓際のソファに横になりに立っていく。喉元の痰のようなものは、相変らずそこにある。泣きたいのを必死でこらえているような気分だ。あるいは、しゃっくりが出そうで出ないような感じ。いずれにしてもひどく憂うつでわずらわしい。

彩子はソファの上に横たわりながら、足をお腹の方へそっと引き寄せた。薬が効いてくるまで、そうやって胎児のように丸くなっているのが一番いい。クッションをひとつ引き寄せて、それへ片頰を埋める。微かなカビの匂いがする。何もかも思いきり埃を叩きだして、日にあててやりたい。

勝は朝刊を読み始めている。急に物音がしなくなる。横になった眼線からみると、この都心に近い三ＬＤＫのマンションは寒々と広く見える。事実夫婦二人暮しには広すぎる。全く使っていない部屋が二つある。購入の際、将来の子供部屋にあてた分だ。

このマンションを買うことにしたのが不幸の始まりだったのかもしれない。

彩子が三十歳まで子供を産まないということを前提に、借金の返済計画がたてられた。最初の五年間は、彼女の教職の収入が全て返済金にあてられた。三十歳になったら、月々の返済を勝がまかない、彼女は子育てに専念する。適当な時期に中学の教職に復帰する。

全ては計画どおりに進んだのだ。たったひとつのことをのぞいては。

二十六歳のとき、彩子は一度妊娠している。あのとき、返済方法を変えるとか、何か策を講じようと思えば可能だったのに、二人はしなかった。ちょうど彼女自身教職生活四年目に入っており、学校での仕事の量も増え始めたところだった。

子供はまたいつでも産めるから、と彩子は言った。最初の計画どおりにことを進めましょうよ。

勝は消極的に賛成した。いずれにしろ決定は二人のものだった。子供は二学期が始まる二週間前に、密かに堕された。

その後、そのせいでかどうか、彩子は二度と妊娠することはなかった。

思いがけなく涙が眼尻を伝ってクッションに滲みこんでいく。

この家の中には、何か小さな動き回るものが絶対に必要だ、と、彩子はもう一度思った。

「小犬のこと、どうして駄目なの？」

勝は新聞の上から顔を上げずに、

「生きものは死ぬから嫌だよ」と答えた。

「人間だっていずれ死ぬじゃないの。わたしだって、今度は助かったけど、来年には死んでいるかもしれない」

「馬鹿なことを言うな」勝は新聞を二つに折りながら、言った。

「筋腫というのは嘘で、実は癌だったかもしれないと考えたのよ」

勝はめずらしくとがめるように、妻をじっと見て、

「なぜ、そう思うんだ」と訊いた。

「勘だけ。筋腫だとわかってから手術までがいかにも急だったし、ただの筋腫なら、あんなに慌てることはないのよ」

「それはねえ、筋腫の大きさや質によるさ」

「だから悪性だったのよ」

彩子は本気でそんなことを言っているわけじゃない。これも一種の言葉のゲームだ。何のためだかわからないが、とにかく彩子は確証が欲しい。

「医者が患者に事実を隠すということは、そりゃよくある話さ。だけど、患者の夫にまで嘘を言うこともないじゃないか。君のは筋腫だった。少々立派に育ちすぎて、いろいろと障害があるから切除する、と、医者が僕に言ったんだよ」

彩子の瞼が次第に重くなってくる。薬が効き始めたのかもしれない。鼻の奥の方が乾いたようになって、熱感をもつからわかるのだ。

眠気が靄のように、彼女の中のありとあらゆる空洞に温くたちこめてくる。

眠気と闘うのは、なんていい気持なんだろう。もう少しでずるずると足をとられそうになるのを、とられまいとふんばっているのは、ほとんど快感だ。最後の努力をふりしぼって、彼女は言う。

「あなたが、わたしに嘘をつくってことだって、あるわけよ、そうじゃない？」

口の周囲の筋肉がしびれたようになって、発音がラリっている。

「嘘をついたとしても」と、勝の声に笑いが混じる。「君ならとっくに、僕の嘘を見破っているさ」

そうだろうか。わたしは夫の嘘を見破れるだろうか。自分は勝について、彼の心の動きについて、どれだけのことを知っているかというと、ほとんど何も知らないではないか。今までは確かに自分のことで忙しすぎた。自分のことだけで精一杯だった。真に夫を思いやる余地がなかった。

これからは違う。わたしたちには共通の悲しみと共通の傷がある。教職を辞めよう。そこまで考えて、彩子は眠りの中へ自らを解き放った。それは深い擂り鉢状の、砂の斜面を滑り落ちていくような不安と、快感とをともなった急激な眠りであった。

彩子は夜の闇の中で、ふいに眼覚めた。自分を眼覚めさせた原因の物音を、もう一度聞こうと、耳をそばだてた。

けれども、何も聞こえない。傍(そば)で眠っている夫の寝息さえも、聞こえてこない。

あれは人の啜(すす)り泣くような声だったと、彼女は思った。

勝であるはずはないから、夢の中で彩子自身が泣いたのかもしれない。

夢をみて自分の泣き声で眼を覚ましてしまうということは、これまでもよくあった。

彼女の眠りは浅く、すぐに分断された。寝返りが思うにまかせないせいだ。無意識にしかかって、下腹がつれるのでうとうとする。

病院のに比べると柔らかすぎるベッドのせいで、それでなくとも困難なのに、寝返りひとつ打つにも脂汗が滲む。

闇の中で眼を覚ましたとき、彩子は自分がどこで寝ているのか、咄嗟(とっさ)にわからなかった。

病院であれば、すぐ隣のベッドを隔てている白いカーテンが仄白(ほのじろ)く見えているはずだが、それがない。

漆黒の闇だ。あまり暗いので、眼を閉じているのか見開いているのか、わからなくなる。

ふいに、すぐ背後でベッドの軋(きし)む音がして、それで彩子は自分が勝の傍にいることに気づく。薬が効いているのか、下腹の痛みはほとんどない。じっとしていて寝返りさえ打たなければ、痛みも眼をさまさない。

その瞬間だった。彩子は再度、啜り泣くような声を聞いた。まぎれもなく、勝だ。

勝が、泣いている。真夜中に、声を殺して泣いている。微かな震動が伝わってくる。彩子の口の中が、からからに乾く。

胸が一杯になり、夫にどうしたのかと訊ねたいのに、声が出ない。夫の肩に手を触れてやりたいのに、金縛りにあったように、動かない。

勝の啜り泣きは、やがて闇に呑まれて、ふつりと消えた。

少しして、寝息がそれにかわる。初めのうちはひきつったような苦しげな寝息が、だんだん規則正しく安らかになっていく。

闇の中で、まんじりともせず眼を開いていると、つい今しがたのできごとがほんとうは夢の中のことのような気がしてくる。彩子の上にも眠りが、黒いカーテンのようにゆっくりと落ちかかってくる。

暁の中で、記憶が急にたちもどる。彩子は苦労して躰の向きをかえると、夫の寝顔をじっと見た。

人に凝視されているのがなんとなくわかるのか、勝が自然に瞼を上げた。二人の視線が、薄灰色の明りの中で、出会って絡んだ。

「眠れないのか」

と、まだ完全には眠りから覚めやらない掠れ声で、勝が訊いた。

「あなた、夢でうなされていたから」

と、彼女は咄嗟に嘘をついた。泣いていたわね、とは言えなかった。どうして、真夜中に、暗闇の中で男が泣くのか、その理由を知るのが怖かった。

「何か、言ったか」

勝がこころもち心配そうに訊く。彩子は首を振った。うなされていただけよ。

勝が手を伸ばして、ベッドサイドの上の時計を手にとって苦労しながら時計を読む。

「五時前だよ、まだ」もう少し眠りたそうな口調だった。

彩子は黙って頭を枕の上に落した。

少しして、

「犬のことだけど」と、勝のくぐもったような声がした。「君が飼いたいというのなら、飼ってもいいよ」

それだけ言うと、彼はくるりと背をむけ、枕に頭を押しつけた。すぐに軽い鼾が聞こえてくる。

夫の背中が砦のように見える。灰色の暁の光の中の灰色の砦。彩子は砦の外にとり残されている。

犬のことなんて、と彩子は下唇を噛んだ。あくまでも勝は反対すべきなのだ。そうして欲しかった。小犬なんぞを子供の代りにするのは止めろ、と言い通してもらいたかった。

彩子は心の底で、毛糸玉みたいな犬を、赤んぼうのように抱いて道なんか歩いている女たちを軽蔑していた。不思議なほど、女たちのタイプが似ている。たいてい髪を赭っぽく染めて、昼間からくるぶしまでの長いスカートをはいている小柄な女たち。そうだ、なんとなく自分の飼っている犬に顔つきが似ているのだ。わがままでいかにもきゃんきゃんと言いそうな感じ。

子供のいない女が、小さな一匹の犬に現をぬかしているのを見ると、ちょっと眼を背けたいようなものがある。

彩子がほんとうに欲しいのは、犬なんかじゃないのかもしれない。温もりだ。肌の温もり。

彼女は無意識に手を伸ばして、夫の背中に掌をそっと押しつけた。それをゆっくりと左右にずらしてみる。まるで愛撫でもするように。掌のあらゆる部分に注意を集中して、温もりを吸いとろうとでもするように。

ほんのわずかに湿り気を帯びた勝の体温が、パジャマを通して掌に滲みこんでいく。パジャマからは、甘酸っぱいような汗と、男のにおいとがしている。不快であると同時に、その何かがひどく彼女を動揺させた。

彩子は吸いよせられるように、夫の背に顔を埋めた。

次の瞬間、勝の背中がぴくりとけいれんして遠のいた。言葉にはならない呻き声が、彼女を非難するように響いた。

彩子は子供のように、泣き喚きたい衝動と闘った。もう誰も、彩子が泣いても飛んで来て、どうしたの彩ちゃん、なぜ泣いているの、としっかり胸に抱きしめてはくれないのだ。

「まるで死んだ魚に触れられたみたいに、飛びのいたわね」

と、彩子はひえた声で言った。勝は躰を固くしたまま、すぐには答えなかった。

彩子は夫の指先が震えているのに気づいて、びっくりした。

何を怯えているのだろうか、このひとは。わたしに触れられるのが怖いみたいだ。怖いというより、苦痛みたいだ。

翌日曜日、夫婦は朝からほとんど会話を交わさなかった。勝はとくに妻の視線を避けていた。

一時になると、彼は行く先を告げずに出かけていったが、セーターにジーンズという格好から、彩子は夫が茜屋という喫茶店へ行ったのだろうと推測した。

夫がいなくなると、彼女はデパートの洋食器売場に電話をして、リモージュのコーヒーカップとソーサーの一セットが幾らくらいするものかと、訊ねた。

相手の返事を鉛筆でメモすると、礼を言って電話を切った。

他にも何かあるのでは、と食器棚の奥を覗（のぞ）いてみると、二種類のミルがでてきた。ひとつは電動式で、多分五、六千円の品と思われる。もうひとつのは手動式のミルで、見るからに西洋の骨董品（こっとう）らしい。よく使いこんであり、真鍮（しんちゅう）の部分が擦（す）れてまろみを帯び、コハク色の輝きを放っている。ていねいな彫刻をほどこした木製部も、長年人の手の脂を吸って黒光りしている。骨董といっても勝が何度か使ったらしく、まだ新しいコーヒーの粉が底の方にいくらか残っていた。

骨董品のミルが幾らくらいするものか、彩子には見当もつかない。もしやと思って、普段領収書類を放りこんでおく食器棚の小引出しを開けてみると、六本木の骨董屋と西武デパートのが一枚ずつみつかった。

特に苦心して彩子の眼から隠そうとした努力のあともない。しごく無造作にそれはつっこんであった。

西武デパートのは、リモージュのカップ二組の領収書と思われる。電話で問い合わせた値段と一致する。

骨董屋の方の金額は七万六千四百円也と読めた。フランス製ミルと書いてある。

彩子は改めて、その古めかしい手廻しのミルを眺め、それから溜息（ためいき）をついて、全部をそれぞれ元へ戻しておいた。

勝が出かけていったのと同じようにふらりと帰ってくると、彩子は、自分たち夫婦にはまだこのマンションの支払いが残っているのだから、リモージュの食器やフランス製のアンティークに合計十何万もかける余裕はないはずだとかなり冷静な口調ではあるが、つめ寄った。

「僕だって勇気がいったよ」と、勝が困ったように後頭部を掻きながら答えた。生れてはじめて、贅沢品にそんな大金を払った訳だから。

「しかし人様の金を使いこんだわけでもないしさ、君に迷惑をかけたつもりもない。家計費にヒビが入るというのでもなし、いいじゃないか」

これといって趣味のない男だよ、僕は、と勝は居直るように言った。競馬も競輪もやらんよ、僕は。

「酒も女も、やらないわよ、あなたは」

彩子が皮肉な声で言う。

勝は口をすぼめて、寒そうな表情をする。

「大倉陶苑あたりで妥協しておけばよかったのかな」と、気弱に続ける。西屋のママがさ、いずれは最後にリモージュかさもなければジノリあたりへ行きつくものだからって言うしさ。そういうことなら二重になって無駄な金を使うことになる。初めから最高の品を買っておけば、飽きもこないし、結局安上りじゃないかと僕も思ったものだから。

君はまるで夜叉みたいな顔をして僕を非難するけど、犬の件では譲歩したじゃないか。第一僕らには子供がいて、あれこれかかりがあるわけでもないんだ。

子供ですって？　ほおら！　やっぱり子供だって。ヒステリックに彩子が叫ぶ。

「ね、つまりやっぱり、子供なのよ。それがあなたの本音なのよ」

「何も、鬼の首でも取ったみたいに騒ぎたてることはないじゃないか」案外冷静な勝。

「子供のいないのは事実なんだし。子供がいないから、それでその分金がかからないというのも、これまた事実だよ」

それを聞くと、急に彩子は身がまえた。まるでコブラが鎌首をもたげて、今にも飛びかかりそうなポーズ。

けれども飛びかかるかわりに、彼女はくたくたと力をぬくと、妙な薄い微笑を滲ませて言い放った。

「おやまあ、ずいぶんとあっさり、言うものね。夜中にめそめそ泣いていたくせに」

勝の顔の上から、表情というものがみるまに消えていく。それまで、怒りや屈辱や悲しみなどが入り混って形成されていた複雑な表情を支える無数の糸が、至るところでプツンプツンと切れてしまったかのように、夫の顔の筋肉が変に緩んでしまっている。

同時に彼女は自分の不用意な口を憎んだ。そのことだけは絶対に言うまいと何度も自分をいましめていたのに、ぽろりと言ってしまった。男が夜中に忍び泣いたことなど、あくまでも知らぬふりを通すべきなのだ。ごめんなさいね、と謝ったが、勝は緩んでしまったように見える顔の筋肉ひとつ動かさなかった。

月曜日の朝七時少し過ぎに、彩子はコーヒーの強い香りで眼を覚ました。

眼覚めるかなり前から、彼女は夢を見ていた。島だった。一面のコーヒーのプランテーションが眼下に広がっている。暑い。汗が吹きでる。湿気もそうとうなものだ。太陽の光が黄色い。大気がむっとするくらい濃いのだ。その大気を太陽が蒸し焼きにしている。

肌のココア色の人々が、陽気にコーヒーの実を摘んでいる。真白い歯をみせて、笑いさざめいたり唄ったりする。コーヒーの実は赫い。

わたしはなぜ、コーヒーの実が赫いことを知っているのかしら、と夢の中で彩子はしきりに不審に感じている。半分、夢が覚めかかっているのだ。コーヒーの香りが強くなる。知らないことでも、夢で教えられることって、よくあるものだわ。

ココア色の肌の男たちが口々に何か喋っている。日本語ではない。にもかかわらず、彩子の耳には、こう聞きとれる。コーヒーはとてもよく言うことをきくぜ。コーヒーがいい気持になって、湯の中に出ていくのがわかる。

彩子の瞼に、濾紙の中で湯を吸ってふっくりと膨れ上ったコーヒー豆の色や、その膨れ具合や、香りなどが鮮やかに映し出される。

僕の意識がカップ内の流動体と一体になって、つまり、コーヒーと同化する。カップの内側でゆらゆら揺れているのは僕自身。滑らかな磁器の熱い肌を、僕は頬っぺたにはっきりと感じとる。コーヒーにはその人が出るのさ。コーヒーはその人そのものでもある。彩子は聞き耳をたてる。それきり、何の音もしなくなる。胸がドキドキする。

再びトロトロと眠ってしまったらしい。二度目に時計を見ると八時十分を過ぎている。勝の出勤時間は八時十五分前と、判で押したようにきまっているから、彩子が眠っている間に出ていったのだろう。そうだ、コーヒーのいいにおいがしていたから、自分でコーヒーだけ淹れて飲んでいったのだろう。

彼女は、前の晩最後に見た夫の顔が、相変らず無表情で、眼に光がなかったことを思いだして、少し憂うつになった。会話も、彼女がごめんなさいね、と言ったところで、途切れたままだ。薬のおかげで眠りが急激に来たので、夫がいつベッドに入ったのか気がつかなかったが、寝返りを打つ拍子に下腹がつれて眼覚めたときには、すでに隣で寝ていた。しばらく息を殺して聞き耳をたてたが、眠っているのかどうか定かではなかった。もし、まだ起きているのなら、もう一度謝っておきたいと思ったのだ。

起き上ってみると、気分はそれほど悪くない。朝方の夢の中のジャワ島の太陽の黄色さが、今でも瞼の裏に張りついているような気分だ。ココア色の原住民の陽気な唄声が耳の底に流れる。

ダイニングテーブルの上に、勝が使ったコーヒーカップが置いてある。底に残ったコーヒーが一滴乾き始めている。

彩子は爪の先で、そっと器のふちを弾いた。軽い澄んだ音がする。彩子の口元に淡い微笑が浮ぶ。

こんなに高価なものを買ってしまってと、思い、それから、でもこれで夫の気持が紛れるのなら、いいではないかと考え始める。それから長いこと、じっと茶碗の底の乾いたコーヒーの染みを凝視(みつ)めていた。

その夜、彩子の夫は戻らなかった。

まんじりともせず一夜を過して、翌朝九時になるのを待って、勝の会社に電話を入れた。ダイヤルを廻す指が重かった。他人の指のように感じられた。二度、番号をまちがえ、一旦受話器を下ろして、気持が落ちつくのを待ち、初めからやりなおした。緊張で嘔(は)き気がする。なぜ自分がこんな思いをしなければならないのか、わからない。病気の回復していない妻に、このような仕打ちをする夫の心が知れない。悪いことばかり続けて起る。このマンションの方位が悪いのだろうか。

電話が通じる。呼び出しが四つ鳴って、若い女の声が会社名を言う。彩子は名前を告げ、主人を、お願いします、と言った。

受話器の中で一瞬、音が途だえる。それから相手の息づかいが聞こえた。

「もしもし、山口さんは、お辞めになりましたけど」

と、その声は疑惑を隠せない。

「いつ頃でしょうか、辞めたのは」

自分でも意外なほど落着いた声で、彩子は訊き返した。相手は、辞めてからもう二週間近くなると言った。

「ご存知なかったのでしょうか、お家の方……」女の声に、好奇心と詮索がましい響きが加わる。

彩子は礼を言って受話器を置いた。

掌に冷たい汗が滲み、視界が暗くなる。空の胃が激しくけいれんした。ふらつきながらトイレまで行って嘔いたが、ひどく苦くて酸っぱい胃液の他、何も出なかった。

茜屋というコーヒー店を電話帳で探して、住所を書き留めると、無線タクシーを呼んだ。じっと家の中で待つのは堪えられなかった。茜屋に夫がいるという確証はないが、何か手がかりはつかめるかもしれない。

タクシーは駒沢通りに入るとスピードを上げた。駒沢公園を越して数百メートル行くと、車は道の左に寄せて停った。すぐ前に、白ヌキで茜屋という手描きの文字が見えた。いかにも美味いコーヒーを飲ませる店、といったかまえだ。

店内には、かなりのボリュームで、バッハの室内楽がかかっている。勝は、いない。

それほど広い室内ではない。奥のボックス席に中年の男と、まだごく若い娘が座っている。二人の前にはコーヒーと、チーズケーキが置かれている。コーヒーカップは、それぞれ違う。

みると、他の常連らしい学生とその連れも、みんな思い思いのカップで、コーヒーを飲んでいる。どれも一見高価そうだ。客に好みのカップでコーヒーを飲ませるのが、この店の特徴のひとつなのだろう。それで、勝が磁器の話にくわしかったわけがわかる。

カウンターの中で、白いブラウスにふっくりとした白いスラックスをはいたオーナーらしい女性が、彩子に、いらっしゃいと言った。首に無造作に巻きつけた黒地にピンクの水玉のスカーフが似合っている。

もうひとつ、ボックスがあいていたが、一人で占領するのも悪いと思い、彩子はカウンターの端に腰を下ろした。

いきなり勝のことを訊ねるのは止めようと、タクシーの中で自分を戒めてきた。夫がとっくに会社を辞めたのも知らないで、電話でひどく気まずい思いをしたので、その二の舞いはごめんだった。それに、勝がふらりと立ち寄るということも、大いにありうるわけだから、内情というか、こちらの手の内は見せない方が、恥をかかずにすむ。

そんな計算を胸の内でしていると、

「何になさいます?」と、カウンターの中から、声がした。彩子は相手の眼をまっすぐに見て、コーヒーを、と小声で言った。

飾りたてない青竹のような女性だと思った。

自分の方から余計なことは一切言わないタイプ。常連の客との受け答えからそれが感じられる。

「カップ、これでよろしいかしら?」彩子が初めての客なので、よさそうなのを選んで、見せる。白地に青のスミレ模様。

「リモージュ、あります?」

なぜか、咄嗟に彩子はそう訊いた。まさかそんな高価な器で、客にコーヒーを飲ませるとは思わなかったのだ。

にもかかわらず、ありますよと言って、彼女は、二種類彩子の前に並べた。赤ワイン色の模様と、ミント色のと。彩子はミントの方を指さした。

茜屋のママ、と勝が何度も口にしたその女性は、細い指先で必要のなくなった方のカップを元の棚に戻すと、ミント色の方に熱湯を張った。彩子は、彼女の手元をじっと見る。

おそらく、こうして夫の勝は、このカウンターのどこかの席から、彼女のやることを何ひとつ見逃さずに、毎日通ってきては眺めていたのだろう。勝の口から途切れ途切れに聞いていたので茜屋の若いママの仕種には、見覚えのあるような、もう何度も見て知っているような懐しさがあった。

「濃くします？　それとも薄い方がお好きかしら」

電動式のミルの中へ、コーヒー豆を入れる前に、そうママが訊いた。

「濃いめにして下さい」

じゃ二十グラム使います。モカとコロンビアを半々に使っているんですけど。

彩子はうなずく。

ふいに扉を押す気配に続いて、晩秋の風が店内に入ってくる。勝ではない。

新しい客が二人、窓際のボックスに席をとる。どこもかしこも重厚な黒っぽい梁(はり)を張りめぐらしたような作りの店内。対照的な白壁。

カウンターの中には、大小のコーヒーカップがずらりと並んでいる。どれひとつ同じものはない。バッハの室内楽が終ると、針が空転する音がスピーカーから流れる。常連の学生が立っていって別のレコードに替える。今度は五輪(いつわ)真弓。掠れたような声が、さびし気に唄(うた)う。唄の名は、わからない。

濾紙の中で、コーヒー豆がぷうっと勢いよく膨れ上る。それを覗(のぞ)きこむママの表情が美しい。コーヒーがいい気持になって、底の穴から出ていくわと、彩子は思い、自分でも一時、それが感じられるような気がする。

レコードを替えて戻ってきた学生が席につくなり言う。

「今日はめずらしく顔を見せないね」

彩子の前に淹れたてのコーヒーを置きながら、「昨日も見えなかったわね、そういえば」とママが応(こた)える。「でも、日曜の午後、ひょっこり来たわよ、山口さん」ふいに夫の名前が出た。

彩子がギクリと体を固くする。いたたまれない気持。店を飛び出したい。と同時に、一言だって聞きもらしたくなかった。周囲に聞こえてしまいそうに鼓動が高鳴る。だれも彩子が何者だか知らないじゃないかと、言いきかせる。

そういえば、奥さんが退院するとか、しないとか言っていなかった？　もう一人の女学生が言う。レコードがひとつの唄を終えて次に入るまでの間、束(つか)の間沈黙する。

さあ、退院なさったのかしら。

新しい客の注文のコーヒーを淹れ始めながら、ママの声がくもる。子宮癌って、発見が早ければ助かる確率が高いっていうじゃない。話し声が急にひそひそと低くなる。ほかに転移していなければの話だけどね。「ママ、このレコード買ったばかり？　今度貸してよ、テープとるから」真夜中に啜り泣いていた勝の背中を、彩子は思い浮べた。

彼女の顔から、手から血の気が消える。五輪真弓が悲鳴のような声でスピーカーから叫んでいた。恋人よ私のそばにいて。そばにいてよ。

自分でも何をしているのかもわからず、彩子は砂糖をとり、クリームを入れてコーヒーをゆっくりとかきまぜる。いつまでもかきまぜる。

五輪真弓の悲鳴をぬうように、学生の声がする。夏、軽井沢でテニスやったんだって、ママ。上手になったでしょう。それがね、なかなかなの、歳かしらねえ。歳だなんて、自分ではぜんぜんそう思っていないくせに。ばれたか。

奥の客が前後して出ていく。

上役と事務員みたいな感じだね、丸の内あたりの。こんな時間に遠出して、不倫のにおいがしない？　それにしても山口さん、やさしい人よね、リモージュのカップ買うことにしたんでしょ、ママ？　ええ、ここへ買ってもってらしたわよ。ずいぶん悩んでいたけど。心をこめて淹れたコーヒーを、最上のカップで奥さんに飲んでもらいたいって。聞いていたでしょ、あなたたち。うん、聞いた、聞いた、泣かせるよな。

彩子は財布を出して、千円札を置く。ママが小銭のお釣りを手渡す。ありがとうございました、またどうぞ。

でも終いには、ちょっとのめりこみすぎの感がないでもないね。うん、ママの手元を見る眼がギラギラしちゃって異常だった。変ってるよ、要するに。

あの人、きっとコーヒーに魅せられたのよ。いや、ママに魅せられたんじゃないか。

外へ出て、背後で扉が閉じると、五輪真弓がふっつりと消えた。彩子はほっとして、公園の方へ歩き始める。足元を小さな旋風が落葉をまき上げながら吹き過ぎていく。日射しが冷たい。冬がすぐ近くで足ぶみしていると、彩子は思った。早く来ればいい。秋は、嫌いだ。

見上げると、吸いこまれてしまいそうな青空に、ひとつだけ小さな雲がかかっている。勝が最後に使ったコーヒーカップの底にこびりついていた、コーヒーの染みと同じ形の雲だと、彩子は感じた。

別れた妻

一年半前に正式に別れた妻から、社に電話がかかった。幸い十時を過ぎたところで、ほとんどの営業部員が出払っている。矢島は部下が昨夜徹夜で仕上げた企画書に眼を通していた。

机上の電話が鳴ったので二つ目の呼び出しで受話器をとると、それが前妻だった。

「もしもし、わたし」加奈子は、前妻であった女以外の何者でもありえない口調と声の質で、そう言った。とたんに矢島の眉間に憂鬱そうな縦皺が刻まれる。

加奈子の声は、他人となった今でも彼の胸に脅威だとか畏怖の念だとか絶望といった感情から、衝動的な殺意にいたるまでの激しい怒りを呼び起こすのだった。そのことが矢島には驚きでもあり、腹立たしいことでもあった。受話器を握りしめている手の力がぬけていくような感じにとらわれながら、彼はできるかぎり冷ややかな声で答えた。

「社に電話するのはひかえるように何度も言ったはずだろう」

「できるだけひかえるように、とあなたに言われてるわ。事実、できるだけひかえているつもりよ」

「いいから用事を言いなさい。用事があるんだろう」くどくどと言いわけを言いつのる前妻の口を途中で封じてぴしりと言った。

「それにね」と、しかし相手は自分が言おうとしていることをあくまでも口にしてしまうつもりで続ける。「会社に電話できないとしたら、どこへすればいいのよ。あなたの住居の方に私が電話するわけにはいかないでしょう。私はいいのよ。でも奥さんが――」

「用事がないのならこの電話は切るよ」

リコピーを仕上げた事務の女の子が、すぐ背後を通りぬけていく。

「相談したいことがあるのよ」加奈子が言った。「今夜、逢ってもらえる?」

「今度は何だい?」辛辣さを隠しもせず矢島が訊き返した。何も今度が初めてというのではないのだ。遠い親戚の結婚式とか、矢島の母親の誕生日に何を贈ったらいいかとか、二人の間に出来た一人息子の恭の運動会だ、父親参観日だ、はては息子と二人で住んでいるマンション――矢島は今でもそのマンションのローンを払っている。ローンはあと十五年延々と続く――の壁に亀裂が入ったのどうの、雨がもるのといった程度のことで、なんだかんだと月に三、四回電話が入るのだ。

「逢ったら相談するわ。電話じゃなんだから」

矢島はうんざりしてメモ用紙にギザギザの線を書きつける。

「君の方の親類の誰かが披露宴だとかいうんだったら、君の名前で適当に祝儀をやってくれよ」

「そんなんじゃないわ」

「じゃ葬式かね」

「いやね。すぐそうなんだから」

コーヒーか何か啜るような音がする。日のあたるリビングルームの窓際のソファにでんと坐り、足を組みながら電話をしている元の妻の姿がありありと眼に浮かぶ。

「すぐにそういうことを、ぐだぐだ言ってくるのは、そっちの方じゃないか」と矢島は鼻白んだ。加奈子は一緒にいる時から、いつだって常に夫である矢島の罪の意識とか、責任感とか男らしさとかをためすような女だった。風邪をひんぱんにひくし、頭痛もちで疲れやすいし、心臓の弁膜に多少問題があることをいいことにして、夫の同情をたえず引こうと努めていた。自分の躰のことや病気のことで夫の気持がつなぎとめきれなくなると、次にしたことは息子を利用することだった。

恭の成績が思わしくないのよ、恭ちゃんが学校で乱暴するらしいわ。あげくには膝をひどく鉄棒にぶつけたんで、大学病院へ連れていったところ、子供の時に膝の骨などにヒビなど入れると、そこから骨癌になりやすいなどと言いだして、子煩悩の矢島を死ぬ程心配させる。

更にエスカレートして、舅、姑の問題で、血の怒りと苛立ちで矢島をカリカリさせ、十四年間に及ぶ結婚について彼が反省を交えて考える時、加奈子が夫に与えたものは、途方もない苛立ち以外の何ものでもなかったと思うのだった。敗北感にまみれるのは、そういう時だった。

何をしても何を言っても、夫の注意を引けず、夫を苦しめたり傷つけたりすることが出来なくなったと知ると、結婚生活の終り頃に、加奈子がしたことは、もっとも卑劣な手段だった。

彼女は息子の恭に理不尽に、時として残酷にあたり散らすことで、間接的に夫を痛めつけた。これが一番彼には応えた。幼い息子を苦しめることによって、加奈子は自分に無関心になっていった夫に復讐したのだった。彼が彼女と離婚を決意したのは、そのためだった。息子を理不尽な折檻や精神的な虐待から救うためであった。

家庭裁判所の調停委員の前で口を酸っぱく説得したが、子供を母親から取り上げることはできなかった。それはできなかったが、自分という男が加奈子の側にいなければ、少なくとも、自分への見せしめに息子に当るということはなくなるだろうと矢島は思った。見せしめにしようにも、その夫が家にいなければ、妻の息子への虐待もその本来の意味と目的とを失うからだ。事実、マンションを一人で出た後、加奈子の恭に対する態度はがらりと変り、もともとの息子べったりの母子関係を取り戻したらしいということを、矢島は感じて、その点では不本意にも残してきた息子のためにも、まずは一安心なのであった。

だからその朝も、息子のことで相談があると言われると、敵の手管が読め、腹立たしいのではあるが、むげに断るというわけにもいかないのだった。

「恭がどうかしたのか？」

「このところずっと登校拒否が続いているのよ」と昔の妻の声に困惑が交った。ずっと続いているのを一日も黙っていることなどできない女だから、ずっとというのは眉つばだろうと矢島は思ったが、黙っていた。せいぜい続いていて、二、三日なのに違いない、と。

「そんな大袈裟なものじゃないさ、友だちとケンカでもしたんだろう」

「だといいけど」

いずれにしろ、加奈子は言いだしたことを引っこめるような女ではない。矢島は六時半に、渋谷のあるビジネスホテルのロビーを指定した。家への通り道でもあり便利なこともあったが、殊の外静かなのと、ロビーだと別れた女房とコーヒーを飲んだり、酒を飲んだりしなくてすむからだった。

コーヒーでも酒でも、寛いだ気分で飲みたかった。嫌な女と嫌な話をする時には、何もない方がいい。第一、たとえ別れた女とはいえ、加奈子と逢ってコーヒーや酒を飲むというのは現在の妻に対して、なんとなく後ろめたい裏切り行為のような気がするのだ。再婚した妻は、全くひかえめで誠実な女なのだった。

「いいかね。もし君がいつものように約束の時間に遅れてくるようなことがあったら、俺はいないよ」彼は電話を切る前にそう冷たく言った。

約束の六時半に遅れたのはむしろ彼の方であった。外資系の会社なので勤務時間は上から下までかなりきちんとしていたが、それでも残業が全然ないというわけではない。その日のうちにやり残した仕事はやってしまわなければならない。遅くまで会社にいたからといって、残業手当がつくわけでもない。当然勤務時間内にしてしまうべきことが延びたのだから、自分の責任において仕上げてから帰る、ということなのである。矢島がその日の自分に課したノルマに遅れをとったのは、元はといえば午前中の前妻からのつまらない電話のせいだった。

加奈子からの電話そのものが不快だったので——声とか話し方とかが生理的にひっかかる——そのことから立ち直るのに少し時間を要したのと、夕方、彼女に逢わなければならないと思うと、午後の後半はそのことで苛立って、仕事の能率に支障をきたしたというわけだった。

七時半近くになっていたので、加奈子はもう待ってはいないだろうと、そのことをむしろ半ば期待したのだが、人気のないロビーのふっくらとした青い椅子(いす)のひとつに、彼女は深々と腰を下ろして煙草(たばこ)を喫(す)っていた。矢島を認めると、おもむろに喫いさしを指のひとひねりでもみ消した。

彼女が精一杯しゃれのめして出て来たことを一目で見てとると、矢島はひどく不快な気持になった。美容院から出て来たばかりといったブローしたヘアスタイル、小花柄のウールのスーツの衿元に、自分の結婚式に始まり、必ず冠婚葬祭の時につける真珠の一連のネックレス。傍の椅子に、四年前に矢島がボーナスで買い与えたラムの半コートがきちんと裏を表にたたんで置かれている。

　別れた妻が、風体にかまわず髪ふり乱して現れるのも嫌なものだろうが、自分が買った り、特別の場合に身につけたようなものを身につけた姿で眼の前にいられるのも、気持が泡立つものだ。少なくとも愛情が完全に冷め果てた後では尚更なのだった。

　待たせたことを一応謝ると、過去十四年妻であった女がニヤリと笑って言った。

「ま、いいわ。そのかわり夕食をごちそうしてもらうから」

　夕食は家でとるつもりだった。別れた妻と飲み食いするなどという気持には、たとえ一時間待たせた罰だとはいえ、とんでもないことだった。

「夕食は、まあいいじゃないか」

「だってお腹空いたわ。いつもならもうとっくに恭と済ませている時間なのよ」

「食ってから出てくれればよかったのに」

「そんな細いことにこだわるところは、あいかわらずね」と加奈子は皮肉な表現で苦笑した。「とにかくどこか場所を移しましょうよ」と、立ち上る。「この奥にレストランみたいなものあるんでしょう?」

さっさと歩きだす元の妻の後を矢島は気の進まない顔でついて行く。

「恭の登校拒否ってのは、何日になる？」と加奈子の肉のついた背中に訊く。

結婚したとたん何もかも変ってしまった——というより本性を現わしたといった方が正しいのかもしれない——躰のあちこちに余分な脂肪をつけて、平然としていたことも、矢島には許しがたい裏切り行為のような気がするのだ。

何年も前に買った花柄のスーツのウエストを太った躰にそのままの状態で身につけるから、胃のあたりと下腹が迫りだしてしまっている。背中や腰や下腹に肉をつけている女は、彼の美意識にあわないのだ。矢島は冷ややかなさげすむような眼を、加奈子の後ろ姿から背けた。

ボーイに案内された奥の席につくと、彼女はまっ先にメニューを拡げる。そしてさんざん迷ったあげくにスパゲッティー・ミートソースを注文する。ボーイが苛々しだすまで待たせたわりには、平凡なものを注文すると矢島は思ったが、むろん口には出さず、自分ではコーヒーを注文した。

「それだけ？」と加奈子が、ペンシルで尻尾の方を描きたした眉の片方を高々と上げる。彼女はヴィヴィアン・リーが好きで、そのヴィヴィアン・リーが映画の画面でよくやる仕種を、意識的に真似ているのだ。

もちろん美貌のヴィヴィアン・リーがやれば、高々と片方の眉を上げる様は、猛々しくも美しいだろうが、顔に肉のついたどちらかというと八の字眉の加奈子では似て非なるものがあった。かといってそんな昔の女房の顔を見て吹きだすほどの興味も優しさも矢島には感じられない。今となっては全くの他人よりも遠い存在なのだった。

「ああ、食欲が湧かないんだ」矢島はうんざりした声で前妻の質問に答えた。

「でも私が食べるのをじろじろ見られるの嫌よ」

「誰もじろじろ見はせんよ」出来ることならぜんぜん見ずにすめばむしろありがたい位なのだ。しかし対面に坐ってしまった以上、嫌でも相手の食う様が眼に入る。

「ところで、奥さん元気なの？」余裕をもった訊き方。前妻の自信からか――なぜそういう自信があるのか理解に苦しむが――まるで、『二号さん元気なの？』とでも訊くようなニュアンスだ。

「女房のことはいいよ」矢島は憮然として答えた。

「まあ、愛想のないことね」加奈子がもう一度眉を上げる。今度は片方だけ上げそこなって、両方の眉を一度に上げげた。「物には順序ってことがあるでしょう」そう言って、一日の勤労で少し薄汚れている矢島のワイシャツの衿ぐりのあたりを凝視した。

一日仕事をし、煙草のヤニやらほこりやら、都会の空気の汚れやらでワイシャツの衿ぐりや袖口が薄汚れないことの方が不思議だったが、元の妻のその凝視に出合うと、それがまるで再婚した今度の妻の手落ちかなにかのような気分に矢島はさせられる。彼は居心地悪そうに喉(のど)もとに指をさし入れてネクタイを無意識に少しゆるめた。

彼が彼女を憎んでいるということを知っているから、今では彼女の方も同じくらい彼を憎んでいるようだった。

「もういいかげんに友だちあつかいしてくれてもよさそうなものじゃないの」と加奈子は愚痴じみた声で言った。「未(いま)だに元女房の影をひきずらされるの堪えられないわ」

「冗談じゃないよ」コーヒーが運ばれてきたので矢島はそこで一旦(いったん)言葉を切り、ボーイが姿を消すと再び続けた。「未だに元女房を引きずって僕の前に現れるのは、そっちじゃないか」

「あなたがもう少し礼儀とか尊敬をもって私に対してくれたら良いと思うわ。仮にも十何年も寝食を共にしたんですもの、そのあたりに神経を配って欲しいのよ」

「できることならそうしたいとは思っているけどね」と矢島は出来るかぎり嫌味たっぷりに言った。「何かというと元女房を押しつけてこられちゃ、こっちだとて元亭主をやらざるを得ないさ。今月はこれで二度目だよ、呼び出されるのは」

「だからといって、まるで虫ケラみたいに私を扱わなくてもいいと思うわ」一瞬涙ぐみそうになる加奈子の顔から、矢島は慌てて視線を逸(そ)らせた。しかし彼女はなんとか自制することに成功して、眼を二、三度しばたたくに止(とど)めた。矢島はほっとした。こんな場所で前妻の涙を見るのはごめんだった。

「恭の話をしよう」と、彼は言葉を和らげた。「そのことで君は出て来たんだから」

「恭のことだけじゃないけど、色々問題があるのよ」

「他にも何かあるのかね？」矢島が急に用心した口調で言った。

「とにかくまず恭のことから始めるわよ」前夫がテーブルの下で膝(ひざ)を神経質に揺すっているのを見ながら、加奈子が言った。「どう話したらいいのかわからないけど」

「登校拒否なんだろう」矢島が苛立つ。

「なぜそうなったかが問題なのよ、膝を揺するの止(や)めてくれない？」

「理由に思いあたるのか」矢島は太股(ふともも)に手を置き、貧乏揺すりを一瞬とめた。

「母親ですもの」加奈子のスパゲッティー・ミートソースが運ばれてくる。ボーイがテーブルに置いて立ち去るのを待たずに彼女が唐突に言った。「あの子には、父親が必要なのよ、今」

ボーイが一礼して立ち去る。すっかり視界から消えるのを見届けてから矢島が批難じみた眼で加奈子を見る。

「無神経な女だな」

「えっ、何が？」

「レストラン中に僕たちの問題を聞かせたいのか？」

「大袈裟ね、あいかわらず。人の眼ばっかり気にして」

矢島はたっぷり一分間ほど、怒りを抑えようとして、宙に眼をすえていたが、こめかみの血管が浮き上っていた。やがて言った。

「あの子に父親が必要なことくらい、最初からわかっているさ。よかったら何時でも引き取るよ」

「母親も必要なのよ。本当の母親が」

「血がつながっているということと最良の母親であるということとは違うぜ」

「何が言いたいの？」皿の中のスパゲッティーにミートソースを混ぜていた加奈子の手の動きが止まる。

「まわりくどい話はやめたいね、この際。要はこういうことだろう。恭には父親が必要だ」

「父親の怒る声が必要なのよ」加奈子が口をはさむ。

「黙って聞けよ」と矢島はぴしりといった。「父親と母親がそろった環境が必要だということ。ところで、君には恭の父親をやってもらうような男はいない」矢島はちょっと考えて言い直した。「と、思う。今のところは、という意味だよ」

「そんなこと、どうしてわかるの？」

「だから、と思うと言っただろう。あくまでも推量だよ。こだわるね。それとも何かい、そういう男が、いるのかね？」

「いるわ」やけにきっぱりと加奈子が言いきった。矢島の貧乏揺すりが再び始まる。

「しかし」と彼は言葉を探した。「恭の父親としてふさわしい男について、僕たちは話をしているんだよ。君の、その何だ、女ざかりの無聊をだな、なんとなく慰めてくれるような種類の男の――」さすがに矢島は自分の言っていることに嫌気がさして、語尾を曖昧にした。

「続けてよ」彼女は妙に落ちついて言った。

「要するにだ、心理的にも道徳的にも僕の息子を正しく育てるためにはだな」

「私の息子でもあるのよ。貧乏揺すりするのやめてよ」やんわりと加奈子が訂正した。彼はそれを軽く受け流そうとして続けた。「どこの馬の骨ともわからん男に恭をまかせるわけにはいかないね」

「でたわね、本音が」加奈子がニヤリと笑った。

「それならば言わしてもらうけども、あなたの新しい奥さんだって、私にしてみれば同様に、どこの馬の骨ともしれない女なわけよ。恭をまかせるわけにはいかないわね。ねえ、その膝を揺するくせ、やめてもらえない？」

「彼女は、この僕の正式な妻だよ。この僕が選んだ女だよ」矢島は膝の動きを苦労して止める。

「私も、かつてはあなたの正式な妻だったわ。そしてあなたが選んだ女だったのよ」彼を痛めつけることが快い刺激でもあるかのように加奈子が言った。

「一体何の話をしているんだ」と矢島は少し声を大きくした。「恭の登校拒否の件で話しあっていたつもりだったんだ」

「今でもそうよ」

「それが僕の今の女房とどういう関係があるんだ」

「あなたの今の奥さんとは何の関係もないから安心してちょうだい」と加奈子はいやに自信ありげに言った。

「なるほど。ということは、君の、そのどこの馬の骨ともわからん情事の相手とも無関係だというわけだ」ひとりで納得するふう。矢島は神経質な仕種でコーヒーを口へもっていき一口啜った。彼女はそれを聞き流そうとしてひっかかった。

「変な言い方するわね」と片方の眉をまたしてもヴィヴィアン・リーふうに上げる。

「情事の相手って言ったことかね」と矢島はうけて立つ。「しかし事実だろうが」

「まるで薄汚いことのような言い方をするっていう意味よ」

「実際、不潔だな」矢島は胸がむかついた。

「不潔って、何が?」加奈子は執拗に喰い下がる。「あなたとあなたの再婚相手がベッドの中でやっていることと、何がどう違うのよ?」

「そんなに大声で喚かんでもいい。大違いだよ。僕たちは夫婦なんだ。結婚しているんだよ」

「冗談じゃないわ、そんな偽善、あなたの口から聞くとはこれまで思いもしなかったわ」

さもさげすんだように彼女が言った。

「偽善かね」

「そうよ偽善よ。胸がむかむかして吐き気がするわ」

吐き気がするのは自分の方だと矢島は思った。

「道徳論の問題だよ。あるいは道徳観の違いと言ってもいい。君がどこの誰と、いつ何をしようと僕個人としては干渉する気もないし、第一ぜんぜん興味もない。今問題になるのは、恭が関係してくるからに過ぎないんだ。君の男に関しては実にどうでもいいが、恭の環境のことを考えると、そうはいかないんだ」

「要するに何が言いたいの？」

「恭を君にまかせられない」

「なぜ？」

「君が信用ならないからだ」

「私が恋愛していることが気に入らないの？」

「恋愛ね」と矢島は鼻の先で言った。「野良猫だって、屋根の上で恋愛をしますわな」

一瞬加奈子の眼が光った。同時にテーブルの上に置かれていた右手が素早く動いた。彼女が彼の左の頬(ほお)を打とうとした寸前に、矢島は彼女の手首をつかんだ。

「今の暴言、許せないわ」食いしばった歯の間から加奈子が押し殺した声で言った。一瞬、その怒りで紅潮した前妻の顔をきれいだと矢島は感じた。それはほとんど彼の欲情を誘った。しかし次の瞬間元の妻にそのような欲情を束(つか)の間といえども抱いたことに彼はひどく腹をたてた。更に人前で平手打ちをされそうになったことも、それに劣らず矢島の怒りに拍車をかけた。「放してよ。痛いわ」

矢島が用心のため躰を後に引きながら、ゆっくりと手首を放した。長い沈黙。ようやく自制すると、

「恋愛をするしないは、君の自由だよ」矢島が改めて言った。顔が少し青ざめている。

「いずれその男と一緒になるつもりなのか」

「相手には、妻子がいるのよ」気弱な感じを急に露呈したように、加奈子が肩を落した。

「話にならんじゃないか」

「あちらを出て、私たちと住んでもいいって言うの」

「私たち？」わざとそう訊きとがめた。

「恭とはもう何度も三人で食事したり、ディズニーランドへ行ったりしているのよ。あの二人、上手(うま)くいっているの」

ディズニーランドという言葉を聞くと、矢島の胸は刺されたように痛んだ。恭に数えき

れないほど連れて行ってくれとせがまれていたことを思いだしたからだ。そのうち連れて行くよ、と答え、現にそのつもりだったが、離婚話がもつれにもつれていくうちにそれどころではなくなってしまった。息子との約束は反故になった。

息子の恭のごきげんとりに、進んでディズニーランドへ連れ出した見知らぬ男への反感と憎しみが矢島の中でつのった。

「僕のマンションに、転がりこむっていうのかね」と彼は奇妙に金属的な響きをもつ声で言った。

「僕のマンションと、僕の息子と僕の前の女房を横取りしようというのか」

加奈子は呆然として息を呑んだ。

「しかも妻子のあるような男が、そっちの生活や家庭に結着をつけず、男としての責任を果さず、僕のマンションで君との生活を始めようというのか」

「奥さんが断固として離婚を拒否するからよ。彼だって平気じゃないわ、根は純粋だから苦しんでいるのよ。離婚はしないと言いながら、もう一歩も彼を家の中に入れようともしないのよ、あちらの奥さん」

「なるほど、なるほど。居場所がなくなっちまったわけだ、その男」

「今はビジネスホテルで寝泊りしているわ」

「しかし、財政的に長くは続けられない、ということだな」矢島の眼が光る。「この話は眉つばだな。その男は単に君との浮気がバレて、家から叩き出されたに過ぎんのかもしれんぞ。ビジネスホテルにこの先泊るんじゃ金がもたないとばかり、僕のマンションに狙いをつけたんだ。そうだよ、そうにきまっている。君は騙されているんだ。ていよく利用されているんだよ。先方の奥さんの怒りが解けたら、嬉々として飛んで帰るよ。男ってのはおおかたそんなもんさ」

加奈子は半分も食べていないスパゲッティーの皿をうんざりしたように前方に押しやった。

「君にはそれがわからんのか？」と尚も矢島が言いつのった。

「何にも知らないくせに」と加奈子はあきれ果てた声で呟いた。「まるで見たようなことを言うのね」

「だってすでに明らかじゃないか。妻子を捨てて別の女に走るような男のやることなんだ」

だしぬけに加奈子が笑った。少しヒステリックな感じの声だった。

「眼の前にも一人、そういう男がいるじゃないの」そう言って、尚も笑いころげた。

「おかしいか？」

「おかしいわよ。自分を何さまだと思ってるのよ」笑いの発作の中から、加奈子が言った。

二、三のテーブルから、人々がいっせいに二人の方を眺める。

「やめろよ」矢島が低い声でいった。「笑うのはやめろ」

「自分を何さまだと思っているのかって訊いてるのよ」酔ったようなろれつの回らない口調だった。

「一緒にしないでくれ。僕は正式に離婚し、正式に再婚しているんだ。後ろぐらいところは何ひとつないぞ」

「私が物わかりが良かったから、離婚出来たんじゃないの。絶対にしないことも可能だったのよ。そうしたら、あなたは彼と全く同じ立場にならざるを得なかったのよ」

「同じ立場では断じてないぞ。僕は真面目だし、今度の女房を愛している」

「彼だって、真面目だし私を愛しているわ」

「君を？」

「おかしい？」

矢島は不意に凝視していた妻の顔から眼を背けた。自分が飽きて、つくづくと嫌気がさして言わば捨てた女になど、どうして愛などという感情を抱くことが出来るのか、と心底不思議だった。そういう男がいる、ということすら信じられなかった。というよりは信じたくなかった。

「その男が君にそう言ったのかね？」

「口に出さなくとも態度でわかるわ」

「態度でね」矢島はさも軽蔑(けいべつ)したように元の妻の顔を眺めた。「女っていう動物は、一度か二度男と寝ると、すぐに愛だ恋だと思いたくなるんだ」

「一度や二度じゃないわ」遠くを見るまなざし。「もう長いのよ」

「へえ」と矢島はわざと驚いてみせた。「一年も続いているっていうのかい」

「あちらの家を出たのは最近よ。でも私たちがそういうことになったのは、もっと前から」ちらと上眼使いに加奈子は元の夫の顔を見た。

「僕たちが離婚してすぐってわけか」矢島はますます憮然として言った。「あなたもなかなかやりますな」

加奈子は夫のその言い方を寒そうに聞いた。

「三年よ」小さな声だった。「三年になるわ、もうすぐ」

一瞬矢島はその言葉が聞こえなかったかのようにふるまいかけた。しかしあまり成功とは言えず、彼は自分がひどくうろたえているのを感じた。

「三年?」矢島の声はこの段階で完全に破綻(はたん)した。「離婚話がもち上る前からじゃないか」

加奈子が眼を伏せた。

「その間、問題になったのは僕の女のことだけで、僕だけがとてつもなく悪人であるかのように君は責めたし、君の弁護士もぐるになって僕から全財産をむしりとった」

「大袈裟ね」

「しかし事実だぞ。君にだって、ちゃんと男がいながら、そんなことは口を拭(ぬぐ)って一言も言わず、僕の女の存在だけが問題になったんだ」

「言う必要がなかったからよ。私たち一緒になれる見通しもなかったし」

「私たちね！」矢島が嘔(は)きだすように言った。

「どうりで、すんなりと離婚に同意したわけだ」

「でもそれで助かったんでしょう、あなたたち？」

今度は矢島が口をつぐんだ。眼が怒りと屈辱とで、すわったようになっている。こめかみの血管が今にも破裂しそうだった。

「私のことなんて、もうこれっぽっちも興味なかったじゃないの、あの頃。一刻も早く別れたい一心で、あなた私のことなんて何も見ていなかった。私にあの頃男がいようがいまいが、それどころじゃなかったわ。むしろ、彼がいたおかげで、あなたは案外早く自由の身になれたのよ」

「じゃ何かね？　僕にその男に感謝しろと？」

「そんなこと、言っていないでしょう」

矢島は自分の手先が細(こま)かく震えているのを感じた。彼は不意に咳(せき)をしはじめた。咳の発作が止まると、彼はどす黒くなったこめかみのあたりの汗を手の甲でぬぐった。

「君は卑劣だぞ。嘘(うそ)つきで、偽善的だ」

「あの頃、彼のことを一言も言わなかったから？」と加奈子は昔の夫が一種取り乱している様子をむしろ気の毒そうに眺めながら、声を和らげた。「本当のことを言わないのは、嘘をつくこととは違うわ」

「僕の方は女の存在を明らかにした。堂々とふるまったぞ。その点君は薄汚い。こそこそと、実に不潔だ」

加奈子は矢島の額のわきの毛細血管がぴくぴくとひきつるのを、何か不思議なものを見るように眺めた。

「私のしたことが、不潔なの？」声はむしろ悲しそうだった。「堂々と公言すれば、外に作った女と寝ても不潔でなく、人眼を忍んで同じことをすると、それは薄汚いということになるの？」

「その通りさ」矢島は顔を突きだした。「そんな女にこれ以上、僕の息子をまかせるわけにはいかんぞ」と、再び、恭のことに引き戻した。

「私が男気なしの尼さんのようにふるまっていたら良かったの？」加奈子は冷静だった。

「君が今何をしようとそいつはいいよ」

「今、私は三十八歳よ。別れた時には三十六だわ。あなたが私に指一本も触れなくなったのは、三十三の時からだわ。私にどういう生き方を望んでいたの？」

矢島が黙る。

「そうよね。どんな生き方も望んでやしなかったわよね、興味なかったもの、私に。でも、私だって生身の女よ。三十三歳の餓えた性をひきずった女だったのよ。まさかあの頃、私の躰に何も起らなかったといくらあなただって考えなかったでしょう?」

矢島は答えない。

「それとも何もしていないと思った? 男の躰なしで、三十三の女が生きられると思った?」

矢島はそう思っていた。少なくとも、自分が無視してはばからなかった妻ではあるが、他の男によって慰められていたなどとは夢にも想像しなかった。

「進んで言うようなことじゃなかったから」と加奈子が呟いた。「だけど私は不潔なことをしているとは思わなかった。卑劣だとも思わなかった。そうするしかなかった。それだけのことよ」

「僕は騙されていたんだ」茫然とした感じで矢島が不意にうめいた。

それを聞くと、加奈子が嘲った。ただ嘲った。矢島の手が反射的に伸びて、嘲っている昔の妻の顔をしたたかに打った。

加奈子はまだ嘲っていた。自分に何が起ったのか、咄嗟にわからなかったのだ。痛みはずっと後に彼女を襲った。矢島の平手がもう一度、今度は嘲っている加奈子の口元を打った。彼女の口元が歪んだ。笑い顔がそのまま泣き笑いになり、泣き顔に自然に移行するのを、矢島は一種呆気にとられた思いで見ていた。レストラン中の人たちが、無遠慮に二人を見ていた。矢島は急に疲労を覚えた。

加奈子の、黒くマスカラで塗りかためた睫毛の間に、透明な水が溢れるのが見えた。

「あなたが今頃になってまだ怒るなんて、思わなかった」と、啜り泣きながら彼女は言った。「でも怒らないでよ、あなた。私が他の男の人と寝るからっていって、撲ったりしないでよ」

もしかしたら先妻は、自分が撲った意味をとり違えているのではないか、と矢島はふと思った。加奈子が続ける。

「私が他の男の人とああいうことをするからって、あなた頭にくるのかもしれないけど、もう私たち他人なのよ」彼女は指の背を使って、下睫毛を濡らしている涙をそっと拭った。

「あなた、やきもち焼いているのよ。自分でもわからないの？」

とつぜん、矢島は誰にともなく微笑した。

「そうだよな、他人なんだ、もう」彼はその言葉を相手と自分に言いきかせるように言った。

「他人なんだよ、僕たちは」二度目にそうくりかえした時、声に安堵が混っていた。加奈子は弱々しい微笑を浮かべて、元の夫に打たれた口元にそっと指先を走らせた。

「私、もう一度考えてみるわ」

「何を？」興味を失った声で矢島が訊いた。

「あの人とのこと」

「………」

「少なくとも、うちのマンションに来てもらうの、先に延ばしてもらうわ」

「ああ」もうそんなことはどうでもよいことのような気が矢島にはした。

「その間に少し考えるわ」

「その方がいい」彼はあいまいにあいづちをうった。

「どこにいようと、恭の父親はあなたということに変りはないのだから」優しいというよりは、わずかにすがりつくような眼の色だった。矢島は良心がとがめるような気がして視線を伏せた。僕は何か以前の妻に誤った期待を抱かせるようなことをしてしまったのだろうか？

「あなたに打たれて、眼がさめたわ。眼から鱗が落ちるって、こんな感じを言うのかもしれないわね」元の夫に打たれた顎と頬のあたりに指を這わせながら、なんだかうっとりしたようなふうに加奈子が呟いた。

「別れることも、考えてみるわ」彼女が続けた。

「今すぐには無理かもしれないけど、別れる方向に」

「そんなことを僕はすすめた覚えはないよ」何かが自分の両肩にずっしりとのしかかる感

じを覚えながら、矢島は慌てて言った。「君の人生なんだからな。僕がもう傍からとやかく言う筋合いも権利もない」

「そうじゃないわ。そうじゃないってことが、今撲られてわかったの。あなたはまぎれもなく恭の父親なのよ。恭の父親であるという理由で、私に干渉する権利はあるのよ」

「いやいや、そんな権利はないよ」矢島の口調がにわかににげ腰になる。「君は自由なんだ」

するると、昔の妻は上眼使いに矢島を見た。

「恭の父親役を、お願いするわ」

矢島は力無く眼を伏せた。「今までだって、何だかんだと引っぱりだされているよ」

「その点感謝しているのよ。だけど今が一番むずかしい時なの。躰も日に日に大きくなっているし、ヒゲみたいなのが出てくるし。私の手に負えなくなるのは眼に見えているわ」

「蒸しかえすようだが」と矢島が顔をしかめた。

「登校拒否というのは深刻なのか」

加奈子がふと真顔になる。

「それほどのものじゃないと思うわ、今のところはね」

「ほんとうのところはどうなんだ?」と矢島はあやしむように訊いた。「僕を呼びだすための口実じゃなかったのか?」

たっぷり一分ほどして、加奈子が答えた。

「そうでも言わなければ、あなた逢ってくれないんですもの」

矢島は胸にうずくような安堵と重荷とを感じた。僕のことは放（ほう）っておいてくれ。

「ずっとあなたに母子（おやこ）して見捨てられたような気持で暮らしていたのよ。でも、あなたに打たれて、救われたような気がしたわ」

それは誤解だ。僕が君を打ったのは、僕のことを嘲ったからだ。

しかしさすがに矢島には言えないのだった。僕は恭には責任を感じるし、恭を思う気持はあるが、加奈子には何も感じないとは。恭を引き取って育ててもいいが、君には無関係でいてもらいたいとは。

「しかし、男がいるだろう、君には。男が」矢島は伝票を手もとに引きよせながら最後の抵抗を試みた。

「でもあの人は、絶対に私に手を上げないわ。私を撲ってくれるほど、私を気にはかけてくれないわ」

矢島は弱々しい微笑を浮かべて立ち上った。これで当分加奈子は、元女房の権利を、これまで以上に強調して、自分の勤め先に電話をかけてくるだろうと思った。今夜の話しあいをどこでどう自分がまちがったのか、すぐにはよくわからなかった。

彼は階段を上ったところで加奈子に唐突に別れを告げて右へ曲った。そうだ男のことだ、と彼は思った。しかし元女房の男に、自分は本当に嫉妬など感じたのであろうか。あの時の感情は、嫉妬だったのか。何度考えてもわからなかった。彼は腑に落ちない気持のまま、コートの衿をたてて、駅の方角に向った。

解説　真実の森瑤子を知って欲しい

原田ひ香

森瑤子さんについて、どこから話したらいいのだろうと、少し迷う。

私と同じくらいから上の世代には「何を今さら」の話だろうし、若い世代には少し説明が必要かもしれない。

森瑤子さんは一九四〇年生まれ、東京藝術大学でヴァイオリンを学ばれ、その後広告代理店で会社員をされたあと、イギリス人の方と結婚され、主婦を経て「すばる文学賞」を『情事』という作品で受賞された。

森瑤子さんが活躍したのは、私が十代から二十代にかけての頃で、例えば、歯医者さんや美容院の待合室でふと開いた女性誌などには必ず、森さんの小説やエッセイが載っていた。そのくらい、たくさんの連載を持っていらしたし、エッセイにも締切の苦労をよく書かれていた。誤解を恐れずに言うと、「超売れっ子作家」という言葉を体現されていた方だった。

また、後年にはテレビにも時々出演されていて、お話しする姿を見ることもできた。

確かビートたけしさんがメイン司会だったと思うが、出演者たちが男女に分かれて、ディベートするような内容の番組でのこと。皆が丁々発止の発言をする中、森さんは台本に何かを熱心に書き留めていた。司会の女性が「森さん、何をしていらっしゃるんです？」と尋ねると、「今、あなたがとてもいいことをおっしゃったから（メモしているの）」と顔も上げずに言われた。出演者たちが笑うと、「皆さんはこれが仕事なんでしょうけど、私は小説を書くことが仕事ですから」ときっぱりとおっしゃった。とても格好がよかった。私の「女性小説家像」というのはほぼ森瑤子さんから見知ったものと言ってもいい。

男女の間のロマンや愛情の裏側に起きる、激しい闘争や誤解、さらに倦怠。本当にごくごくわずかでさもないこと……小さなため息や眼差しの一つで自分の人生すべてがひっくり返されてしまったりするデリケートな心理描写、その緊張と緩和のリズムがとても心地よかったし、郊外に住む子供には絶対体験できない、都会の華やかで豊かな世界を垣間見られることも大きな魅力だった。十代から二十代の間で、私は森瑤子さんの著作を、小説、エッセイを含め、ほぼほぼすべて読んだと言ってよい。

　だから、森さんの突然の訃報には驚かされた。私が二十三歳の時、夜のニュースで発表されたと記憶している。直前まで、『風と共に去りぬ』の続編の翻訳にかかっているというインタビュー記事を目にしていてテレビにも出演されていたから、そこまで病状が進んでいたとはまったく気がつかなかった。

その訃報が発表されたのと同じニュースの中で、森さんは病状を隠すため、頰に含み綿を入れこけた頰をふくらませていた、と明かされていた。だから、気がつかなかったのか、と愕然(がくぜん)とした。

その森さんが亡くなった歳、五十二歳を私も昨年、ついに超えてしまった。その年に「森瑤子さんの本を復刊するので、解説を書いてもらえませんか」と依頼されたのは、何かの運命のように感じている。

本書の短編「イヤリング」の中で、妻が不倫相手からの電話を受け、聞き耳を立てている夫を意識しながら話しているシーンは、森瑤子の小説の真骨頂と言っていいだろう。現在、こういう話を「どこかで読んだことがある」と思ったら、森さんが先駆者だったと考えて差し支えないはずだ。

「女たち」の中に描かれる女性像も興味深い。今だって「女性は強い」と言われるけど、ここに現れている、四十年近く前の女性の「強さ」は、今の女性の「強さ」とはちょっと違うように感じる。当時、いわゆる男尊女卑は今よりずっと露骨だったし、職場での女性の地位も低かった。でも未婚女性が子供を「生む」ときっぱり意思表示する時のためらいのなさはどうだろう。それを受ける女友達側も経済的な問題については特に言及しない。日本経済の「強さ」や、社会の女性の地位や給料が上がり続けると疑いもなく信じている

「強さ」があったのではないか、と思う。

そして、とびきりお気に入りの作品、「一等待合室(ファースト・クラス・ラウンジ)」。

大学時代、近現代文学の授業の中で小説を読む際、その視点、視線がどこにあるのか、ということを意識して読み解く方法があるという勉強をした。そのあと、この短編集の中の「一等待合室」を読んだ時、川端康成の『掌(たなごころ)の小説』の中の「三等待合室」のリスペクト小説なのだ、と気がついて私は小躍りした。どちらの待合室にも不義の気持ちを秘めた男女が登場するが、その顚末(てんまつ)は小説の中で読んでいただくとして、ポイントは、まるで小物のように配置されたアラブの王さまたちの集団と、(川端の小説の中の)巡礼と僧侶だ。人というのは見たままの姿ではないということを知った時、読者には登場人物たちのまったく別の姿が見えてくる。さらに、お金も地位もありあまった贅沢(ぜいたく)な空間に「薄切りのトースト」が出てくることによって、それが自分の家でも毎日起こっている、夫婦間の出来事と同じなのだ、と気がつく。あなたの家で、それは洗濯物の干し方かもしれないし、ご飯の炊き方かもしれない。

今、こうして森さんの作品を読み返していると、ふっと私は不安になるのだ。

いつか天国の森さんにお会いして、「あれから女性の立場は変わった？　きっともっともっと自由になったんでしょうね？」と尋ねられた時、どう答えたらいいのだろう。制度はたくさんできました、また、ＳＮＳというものができて、いろいろなことが以前より赤裸々に可視化されるようになりました……だけど。

そのあと、私はどう言ったらいいのか、よくわからない。

最後に、私がこの仕事を受けた理由ともなった、どうしても書いておきたいことを記そう。

もしも、将来、百年後、二百年後でも、森瑤子を研究する学者がいて、彼女の人生をつまびらかにするようなことがあったら、これだけはお伝えしたいということがある。

その頃には、きっといろいろな資料が散失してしまい、彼らは森瑤子さんの作品やエッセイから、彼女の人生を構築していくことだろう。

そこには、ご自身が藝大の劣等生で、途中でヴァイオリンから興味を失い、別の世界に入ったというようなことがくり返し書かれている。だけど、それを鵜呑みにしないで欲しい。それは彼女の大きな謙遜から生まれた文章だ。

私も十代の頃ヴァイオリンを習っていて、子供のためのオーケストラに入っていた。そこに桐朋学園のヴァイオリン科を出た先生がいて、森瑤子さんとほぼ同年代の頃、藝大と桐朋の合同オーケストラがあったと話してくれた。そしてそこで、今は小説家の森瑤子さんからレッスンを受けた、という話をはっきりと聞いた。

ご存じのように、藝大と桐朋はそれぞれ国立と私立の我が国の最難関の音楽大学で、特にヴァイオリンとピアノ科はどちらも少数精鋭だった。その方自身も、ヴァイオリンの超エリートなのだが、森さんは皆を指導するような立場にいたのだ。

また、森さんのエッセイの中には、ある女性ヴァイオリニストの名前がとても素敵で、その名前から自分の筆名森瑤子を取った、という話が出てくる。実はこの方とは、私も子供の頃お会いしたことがあり、わずかな時間レッスンを受けたこともあるのだが、彼女が藝大でコンサートマスターをする際には、隣に森さんが座っていたそうだ。それは「トップサイド」と呼ばれる席で、当然、全奏者の二番手の場所であるから、その人が優れた弾き手でないわけがない。

森さんは、本人が希望すれば充分、楽器で生計を立てられるようなヴァイオリニストであったはずだ。それを手放したのは、実力不足からではなく、ひとえに、自分に常に厳しい視線を向けている御自身が決めたことなのだと思う。

そんな優れた、含羞の弾き手が華麗に書いた小説であることを、皆に覚えていて欲しい。

（はらだ・ひか／作家）

本書は、角川文庫『イヤリング』（一九八六年四月刊）を底本とし、タイトルを変更しました。

また、今日不適切とされる語句や表現については、作品の発表された時代背景を考慮し、そのままとしました。

指輪（ゆびわ）

著者　森 瑤子（もり ようこ）

2024年6月18日第一刷発行

発行者　角川春樹

発行所　株式会社角川春樹事務所
〒102-0074 東京都千代田区九段南2-1-30 イタリア文化会館

電話　03（3263）5247（編集）
03（3263）5881（営業）

印刷・製本　中央精版印刷株式会社

フォーマット・デザイン　芦澤泰偉
表紙イラストレーション　門坂 流

ISBN978-4-7584-4649-5 C0193 ©2024 Mori Yoko Printed in Japan
http://www.kadokawaharuki.co.jp/［営業］
fanmail@kadokawaharuki.co.jp［編集］　ご意見・ご感想をお寄せください。